大……大家早安！我是歌種夜澄！

咦，妳還要繼續扮演那種角色嗎？

明明本性都已經暴露了？

聲優廣播的幕前幕後

#02 夕陽與夜澄放棄不了？

二月 公

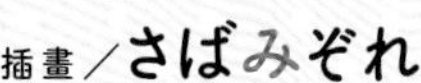

夕暮夕陽
隸屬於藍王冠，文靜可愛的正統派聲優。儘管因為「被懷疑陪睡」導致聲優生涯面臨危機，但被夜澄拯救後，下定決心繼續聲優活動。
歌種夜澄
隸屬於巧克力布朗尼，清純可愛的偶像聲優。演藝經歷邁入第三年，但試鏡常常落選，正為此煩惱。
幕前
幕後
幕前
幕後
渡邊千佳
在學校不跟任何人交談，一開口講話就超毒舌。在長長的瀏海底下露出過於銳利的眼神，陰沉的不起眼女孩。
佐藤由美子
絕對不會忘記化妝與假睫毛，雖然講話難聽，卻是個重視義氣人情的道地辣妹。

柚日咲芽玖瑠
隸屬於藍王冠。以穩定的對談和節目主持技巧而常被採用的實力派。工作態度十分嚴謹，對夕陽與夜澄似乎怒火中燒……？
櫻並木乙女
隸屬於多里尼堤，憑藉搶眼出眾的容貌與無庸置疑的演技力抓住粉絲心的人氣聲優。是個宛如夜澄姊姊般的存在。
幕前
幕後
幕前
幕後
?
柚日咲芽玖瑠
???
櫻並木乙女
個性溫柔，夕陽與夜澄認為她是個表裡如一的完美前輩。然而她本身似乎正對自己私底下的一面感到煩惱……？

這……這傢伙真的很喜歡我的咪咪耶……
防止身分穿幫的對策是──變裝？
SCENE #01

煮肉醬在午餐用，
還有煮咖哩放冰箱冷凍用……

SCENE #02 朝加家打掃大作戰！
亂到可以拿來
當成節目企畫了呢。

要不要我教妳怎麼跟人說話呀？
來，試著說說看「你好」？
──又來了，
我真的很討厭妳這種地方。
夕陽與夜澄的高中生廣播！
YUHI to YASUMI no KOUKOUSEI RADIO!

聲優廣播的幕前幕後

#02 夕陽與夜澄放棄不了？

二月 公

插畫／さばみぞれ

Kadokawa Fantastic Novels

On Air List

第21回　～夕陽與夜澄還會繼續？～

第25回　～夕陽與夜澄在作戰會議中？～

柚日咲芽玖瑠的轉啊轉旋轉木馬

第216回

～夕陽與夜澄會轉啊轉……？～

第27回　～夕陽與夜澄很在意髒房間？～

第30回　～夕陽與夜澄在見面會上？～

第33回　～夕陽與夜澄放棄不了～

聲優廣播的幕前幕後

NOW ON AIR!! 第21回

「…………」

「…………」

「夕……夕陽與～」

「夜……夜澄的～？」

「「高……高中生廣播～……」」

「大……大家早安……我……我是夕暮夕陽。」

「大……大家早安！我是歌種夜澄！」

「咦，妳還要繼續扮演那種角色嗎？明明本性都已經暴露了？妳的心靈也太堅強了吧……不愧是平常就有在化妝的人，臉皮特別厚呢……」

「吵死人了……不要把別人的化妝講成皮啦。我只是不曉得該用什麼態度來主持而已。」

「已經只能照原本的個性來主持了吧……咳哼。呃～目前在收聽這個廣播的聽眾，我想應該也收看了出差版的播出。這是那之後的第一次錄音。」

「就是這麼回事～嗯，然後呢……」

「這個節目是由碰巧就讀同一間高中，又剛好同班的我們兩人，將教室的氛圍傳遞給各位聽眾的廣播節目。」

「等一下。妳別突然插嘴啦。為什麼要在這個時間點插入開場白呀？」

「因為剛才忘記說了。什麼呀，反正也沒有要講什麼大不了的事情吧。」

「啥？接下來才要說吧？啊～啊，剛才那種對話的

夕陽與夜澄的高中生廣播！

起頭方式，感覺就是不習慣對話的人呢。一說要用原本的個性來主持，就成了這副德性嗎？我看妳不適合主持廣播節目吧？」

「又來了。我真的很討厭妳這種地方。比起開場的打招呼更想優先講自己要說的話，我看妳才不適合主持廣播節目吧。一直想要引人注目地表現自己，實在很下流呢。」

「這傢伙……我話說在前頭！……什麼事，小朝加？」

「別在廣播上吵架？唉。那麼可以更換主持人嗎？只要是這個人以外，誰都可以。」

「要這麼說的話，我也希望可以換人呢！倒不如說，這個廣播24回就是最終回了吧。要腰斬啦，腰斬。感覺真是神清氣爽呢！」

「哎呀，第一次跟妳意見相同呢。我也非常盼望最終回的到來呢。」

「……咦，什麼事？小朝加。……！妳在說什麼呀？我們感情才不好！」

「……請別說那麼可怕的話。我們感情才不好……等一下。別提出差版的事情了吧……咦？呃，所以說……那是──」

to be continued……

ＯＫ了——聽到這樣的聲音，錄音室裡的氛圍一口氣鬆弛下來。

「哎呀，真的給各位添麻煩了！實在很抱歉！」

神代導演不停向周圍的工作人員鞠躬行禮，讓氣氛變得更加柔和。

「呼～……」

歌種夜澄——也就是佐藤由美子，感覺到身體放鬆下來。

用電棒燙成大波浪的捲髮、無懈可擊的妝容、故意不穿整齊的制服。

搭配著心型項鍊與銀色耳環。

直到剛才，由美子一直用這種無論由誰來看都是辣妹的裝扮在進行現場直播。

為了洗刷廣播節目的搭檔夕暮夕陽——也就是渡邊千佳的汙名。

結果就是由美子與千佳暴露出一直隱藏起來的模樣。

那模樣跟她們作為偶像聲優的形象完全相反。

粉絲會怎麼想呢？

工作會變怎樣呢？

當然也會感到不安，但現在內心充滿平靜。

因為原本流淚表示「我不當聲優了」的千佳，說她會繼續當聲優。

由美子將視線轉向旁邊。

留長到蓋住眼睛的瀏海、嬌小的身體、穿戴整齊的制服。

給人陰沉印象的容貌，是平常在學校會看到的模樣。

她看著與工作人員交談的神代等人。

不知不覺間，他們到錄音間外面了。

現在錄音間裡只剩下自己們。

「那個……佐藤。」

千佳面向這邊，戰戰兢兢地編織出話語。

她的臉頰泛紅，雙眼看著下方。視線左右徘徊，心神不定。

感覺她頭髮底下的眼眸似乎有些濕潤。

「唔……嗯。什麼事？」

即使自以為冷靜地回應，聲音仍有些變尖。

自己的臉也很紅。無法正面直視千佳的臉，忍不住會移開視線。

感覺好難為情。

這也難怪。

畢竟直到剛才，彼此盡情吐露出了藏在內心深處的想法。

『我還想跟那傢伙一起主持廣播節目呀……！』

『因為妳替我做到這種地步，因為妳像那樣替我說話，因為妳願意相信我……』

光是回想起來，就讓人滿臉通紅。

但是，由美子有話想說。

這點她一定也一樣。

「呃……那個，佐藤。我──」

「千佳！妳有好好跟經紀公司聯絡了嗎？」

第三者的聲音讓兩人的身體嚇得跳了一下。

是神代從錄音間外面在呼喚這邊。

千佳驚慌失措地回應他。

「還……還沒……」

「那樣的話，早點聯絡比較好。應該說我們現在就去經紀公司吧。爸爸也會陪妳一起去。」

「咦？啊，唔，嗯……可是──」

千佳輪流看著由美子與神代。

由美子輕輕拍了拍她的肩膀。

「妳就去吧。大家一定在擔心妳。」

千佳似乎有些迷惘，但她點了點頭。她快步前往錄音間外面。

不過，她輕輕地轉過頭來。

她只用嘴巴動作傳達了「再見」。

由美子微微揮手回應。

即使千佳重新面向前方，由美子仍舉著手。

啊。

她連忙放下手，像要敷衍過去似的摩擦著手臂。

因為編劇朝加美玲一直從錄音間外面看著這邊。

但是，她只是輕輕地露出微笑，立刻移開視線。

她是體貼地假裝沒看見吧。

「…………」

由美子一邊感受到心情變得溫暖起來，同時走出錄音間。

然後她不經意地看向手機。

自己一直放在桌上的手機——突然震動起來。

螢幕上顯示出「加賀崎小姐」的文字。

那一瞬間，溫暖的心情完全吹飛，感覺像是被潑了一盆冷水。

她連忙接起電話。

「喂……喂喂……」

『…………………由美子。妳明天放假對吧。妳明天一早就給我到經紀公司來。』

「──妳還真的給我做了呢，由美子。偶像聲優歌種夜澄在昨天就死亡嘍。妳以為經紀公司和我投注了多少錢與勞力在妳身上？吶，那些心血都在昨天一口氣泡湯啦。」

「是的，對不起……」

這裡是演藝經紀公司巧克力布朗尼的一個房間。

在只有桌椅的小型會議室裡，由美子跪坐在地板上。

雖然今天是星期六，但由美子穿著制服。

不過，她今天只有化最低限度的妝，上衣的鈕扣也都好好地扣了起來，就連裙子也沒有折短，也沒有配戴飾品類的東西。

因為眼前的女性吩咐她「以正式賠罪的打扮過來」。

女性充滿威嚴地站在跪坐的由美子面前。

「妳一直很珍惜的粉絲，大概也會重新洗牌一次吧。又要從頭來過，從零開始了。不，連零都不是，是負數喔。妳被迫站在比一般新人更嚴苛的狀況中喔。妳明白嗎？」

「我……我明白啦……」

「啥？」

「小……小的明白！真的很對不起！」

女性隔著太陽眼鏡的眼角往上吊，由美子迅忙道歉。

昂貴的外套搭配筆挺工整的上衣，以及細長的褲子。

是個擁有好身材，容貌也威風凜凜的美麗女性。妝容也十分得體，不會給人負面印象。

女性的名字是加賀崎林檎。

是由美子的經紀人。

她之所以生氣，原因就在於昨晚的現場直播。

千佳被懷疑陪睡，由美子為了闢謠進行了現場直播，號稱是「夕陽與夜澄的高中生廣播！出差版」。

她在直播裡坦白了歌種夜澄至今一直在演戲，欺騙了粉絲。

那意味著偶像聲優歌種夜澄的死亡。

一直支持到現在的粉絲一定已經消失不見，形象也變差了吧。

當然，這不是身為經紀人的加賀崎能夠忽視的狀況。

「……由美子。妳作為聲優會陷入窘境這點不用說，這同時也對經紀公司造成莫大的麻煩。妳真的明白情況有多嚴重嗎？」

加賀崎嘆了大大的一口氣後，用冰冷的聲音這麼說了。

由美子猛然抬起頭來。

對了，這是她一直擔憂的事情。

「果……果然給大家添麻煩了……對吧？」

「麻煩可大了。畢竟妳插手其他經紀公司的問題，把情況搞得一團亂啊。那種做法很不妙喔，就算被控告也不能抱怨。要是只有我跟妳被炒魷魚就能解決問題，就該謝天謝地了吧。」

控告、炒魷魚。這些強烈的詞彙讓由美子僵硬起來。

一旦演變成經紀公司之間的紛爭，想必會給許多人造成麻煩。

會變成這樣的原因都在於由美子的獨斷。

「由美子。走嘍。」

正當由美子蜷縮起身體時，加賀崎從口袋裡拿出了某樣東西。

發出沙沙聲響的是車鑰匙。

「現在就到藍王冠去賠罪。我已經預約好見面時間了，現在就去。」

加賀崎如此說道後，便迅速地離開了房間。由美子連忙追趕上去。

向藍王冠賠罪。

由美子總算明白加賀崎說「用正式賠罪的打扮過來」這句話的意思了。

她前往公司的停車場，進入熟悉的加賀崎的車。

她坐在副駕駛席上繫好安全帶後，加賀崎什麼也沒說地發動車子出發了。

平常搭乘加賀崎的車時，兩人總是會愉快地聊天。

但現在車內充斥著沉默。

加賀崎以嚴肅的眼神注視前方，簡直就像當由美子不存在一樣。

由美子切身感受到自己做的事情有多麼嚴重，身體蜷縮成更小一團了。

藍王冠在聲優經紀公司當中，也是相當大的公司。

在都內有一棟氣派的大樓，旗下的聲優和職員也很多。

一站到大樓前面，由美子便稍微被那股氣勢給壓倒了。

不過，加賀崎卻拿下太陽眼鏡，毫不猶豫地進入裡面。

即使是星期六，服務台也有職員在，加賀崎用熟練的模樣告知自己為何而來。

隨即有其他職員過來，帶領由美子她們到裡面。

她們搭上寬敞的電梯，沿著漂亮乾淨的走廊前進，被帶領到的地方似乎是接待室。

房間並沒有很大，讓人有一種壓迫感。

裡面擺設著小小的桌子與高雅的沙發。

「妳好，加賀崎小姐。好久不見了呢。」

傳來一個沙啞的聲音，由美子面向那邊。

從沙發上站起身的是個大約五十幾歲的男性。肩膀很寬，體格壯碩。穿著感覺很昂貴的雙排扣西裝。

頭髮全是白髮，留的鬍鬚也是白的。

不過，不會讓人感受到年齡，是因為他那張嚴厲的面貌嗎？

他用銳利的眼神盯著這邊看。

「久疏問候，嘉島社長。」

「社……」

加賀崎的話讓由美子挺直了背。

看來眼前這位人物似乎是藍王冠股份有限公司的社長。

嘉島像是這時才首次注意到由美子一樣，尖銳地瞥向這邊。

「那邊的小姐就是歌種同學嗎？幸會。我是藍王冠的社長，名叫嘉島。」

「幸……幸會。我是隸屬於巧克力布朗尼的歌種夜澄……」

儘管自我介紹了，卻不曉得接下來該說些什麼才好。

正當由美子感到迷惘時，加賀崎迅速地走上前。

「嘉島社長，這次……」

「不，就不用說這些了。首先可以請妳們坐下嗎？」

他毫不留情地阻止加賀崎的賠罪。那嚴厲的態度讓由美子嚇了一跳。

另一方面，加賀崎看來似乎沒放在心上，她說了聲「失禮了」，坐到沙發上。

由美子也坐到她旁邊。

嘉島緩緩地坐下。

他十指交握，將身體猛然向前傾，用彷彿在瞪人的眼神看向由美子她們。

「——來談談關於我家重要的商品吧。就是夕暮夕陽。哎呀，妳們真的是做了多餘的事情呢。那個陪睡嫌疑的確是個問題。但就如妳們所知，那根本無憑無據。我方也一直在準備因應措施。」

夕暮夕陽的陪睡嫌疑。

在夕暮夕陽跌破眾人眼鏡，被選為神代導演的新作「幻影機兵Phantom」的主演後，流出了他們兩人互相擁抱的照片。

眾人開始胡亂猜測他們有各種關係，成了非常嚴重的醜聞。

不過，真相揭曉後，原來神代與夕陽是父女，選角過程也非常公正。

完全沒有任何問題。

「我們原本打算在適宜的場合向大眾說明，好好地解開誤會。夕暮夕陽暴露身分，被拍到私生活模樣的事情，有很多辦法可以解決。原本她應該能順利地繼續當偶像聲優喔。然而……」

嘉島用手摀住臉，搖了搖頭。

聽到他這番話，讓由美子冒出冷汗。

果然經紀公司方面似乎是打算那麼做。

雖然夕暮夕陽——渡邊千佳肯定了由美子的行動，但那個跟這個是兩回事。

藍王冠認為殺掉偶像聲優夕暮夕陽的人是歌種夜澄。

而那種想法並沒有錯，也不誇張。

倘若由美子沒有做多餘的事情，夕陽應該能繼續當偶像聲優才對。

「真……真的很對不起……」

由美子戰戰兢兢地低頭道歉。

加賀崎隨即用力壓住由美子的頭，她本身也深深地垂下了頭。

「實在是非常抱歉。」

嘉島對兩人的賠罪不屑地哼了一聲。

「妳們道歉也沒用啊。要是這樣就能讓昨天那些事都變成沒發生過，我就會要妳們道歉到我滿意為止了。」

這也難怪了。無論由美子說什麼，時間都不會倒流。結果不會改變。

話雖如此，這依舊不構成不賠罪的理由。

沉重的氣氛支配著現場。由美子緊緊握著拳頭。自責的心情與嘉島的重壓讓她的身體無法自由行動，彷彿陷入泥沼中一般。

嘉島再次哼了一聲後，像是怎樣都無所謂似的靠在沙發上。

「無論如何，妳們的經紀公司害我家的夕暮夕陽不能用了。真是夠了……雖然很想問妳們打算怎麼賠償，但妳們什麼也辦不到吧。」

……對他的言行和態度並非沒有任何意見。

不過，由美子能辦到的事情，總之就只有道歉而已。

「……我認為自己沒有顧慮到會給周圍添麻煩，做出了輕率的行動。是我思慮欠周。我會深刻反省自己的行為。實在是非常抱歉。」

由美子再次深深地低頭道歉。她打從心底在賠罪。

嘉島以銳利的眼神看向由美子，將身體向前傾。

他壓低音調，用緩慢的語調說道：

「——歌種同學。我啊，認為失敗最需要的就是後悔喔。對失敗感到懊悔的心情會防止下次的失敗發生。正因為從後悔中學到教訓，後悔才會產生意義。若是沒有伴隨著後悔，失敗就毫無價值。妳明白這點嗎？」

「是……是的。」

「妳確實地感到後悔了嗎？後悔自己做過的事情。要是妳沒有打從心底深深地感到後悔，認為自己絕對不可以再做出那種事情，身為受害者的我就無法安心喔。」

由美子認為他說的沒錯。

有人引發了藍王冠無法忽視的問題。就算對方在這邊道歉，要是之後又引起同樣的問題，可教人吃不消。

所以由美子在這邊應該說的話已經決定好了。

她必須說出讓社長感到安心的話才行。

就在她想開口那麼說時——昨天發生的事情在腦海中浮現。

自己能確實地對為了千佳採取行動一事感到後悔嗎？

是否覺得要是沒那麼做就好了呢？

這——

「——我並沒有感到後悔。我覺得很過意不去，也在深刻反省。但是，我不會後悔做出那樣的行動。我是絕對不能後悔的。我認為只有為了渡邊採取行動一事並沒有做錯。就算時間倒流，我一定也會重複同樣的行為。只有這點我是不能讓步的。」

明明直到剛才還緊張得全身僵硬，這番話卻很流暢地脫口而出。

雖然在途中有些後悔自己把話講了出來，但事到如今也無法收回。

由美子怕得不敢看加賀崎的臉。

她感到傻眼嗎？還是在生氣呢？

畢竟自己是來賠罪的，卻主張「但是我沒有做錯」，這樣實在很不像話。

但是，由美子無論如何都不想使用後悔這個詞。

「——我說啊。」

不出所料，嘉島看似不愉快地皺起眉頭。

他的聲音蘊含怒氣，微微顫抖著。

他用手指咚咚咚地敲打膝蓋，然後氣得滿臉通紅。

他將拳頭砰一聲地敲向桌子。

「妳該感到羞愧，小丫頭！妳知道自己在說什麼嗎？妳明白自己的立場嗎？啊，別開玩笑了，少在那邊胡縮發——！」

……他口齒不清了。

他在這種狀況下以很尷尬的方式口齒不清，話語停了下來。讓人如坐針氈的氛圍充滿室內。

嘉島以彷彿惡鬼般的樣貌僵住了。

啊，該怎麼做才好呢？

就在同樣僵住的由美子面色如土時——

「噗呼！」

嘉島噴笑出來。

他當場捧腹大笑起來。

是氣氛過於尷尬，讓他崩潰了嗎……

在這種狀況下的爆笑相當可怕。由美子依舊感到戰慄，無法動彈。

嘉島笑了一陣子後，一邊擦拭眼淚一邊開口說道了。

「哎呀，抱歉，加賀崎小姐。我沒辦法忍耐。口齒不清得很嚴重呢。」

「不會，社長。已經足夠了。不好意思，讓您奉陪這種事情。」

兩人之間出現了這種難以理解的交談。

沉重的氣氛煙消霧散。

原本纏繞在嘉島身上的嚴肅氛圍消失不見，他的容貌轉變成柔和的表情。簡直就像換了個人。

嘉島嘿唷一聲地站了起來。

「連杯茶也沒端上來給客人，真是失禮了呢。呃～加賀崎小姐是喝咖啡對吧。歌種同學呢？果汁？紅茶？想喝什麼？」

「咦？啊……不，我也喝咖啡就好……？」

「喔～真成熟呢。」

嘉島打開房間的門，只將臉探向走廊。

「不好意思～有人可以幫忙拿飲料過來嗎～？三杯咖啡！沒問題嗎？謝了～」

響亮的聲音迴盪在走廊上後，嘉島哼著歌走了回來。

「——咦？怎麼回事？」

由美子茫然地低喃。她一個人跟不上狀況。

她完全不曉得發生什麼事情。

嘉島面帶微笑地回答陷入混亂的由美子。

「沒什麼，這是加賀崎小姐的父母心啦。」

「社長。」

嘉島的話讓加賀崎歪了歪嘴。

見嘉島聳了聳肩陷入沉默，加賀崎夾雜著嘆息接著說了。

「妳的賠罪單純是要妳認清分寸。我們跟藍王冠早就已經談妥了。」

「咦，是這樣嗎？什麼時候？」

「當然是昨天啦。妳一搞出事情，我就立刻跟我們家的社長一起來低頭賠罪了。」

「咦，咦～……原來是這樣啊……」

看來大人們似乎早就採取行動了。

他們考慮周到的行動讓由美子感受到身為社會人士的經驗差距。

不過，如此一來就產生了疑問。到剛才為止那種嚴肅的氛圍是怎麼回事呢？

關於這點，嘉島感到滑稽似的告訴了由美子原因。

「因為是我們跟巧克力布朗尼，事情才能和平地解決。但像剛才那樣起爭執也是很有可能發生的狀況喔。歌種同學做的事情就是那麼嚴重。加賀崎小姐是希望妳親身體驗到這一

點。」

由美子看向加賀崎。她緩緩地點了點頭。

「就是這麼回事。這次只是碰巧順利地解決了而已。為了讓妳實際感受到事情有多嚴重，我才硬是拜託嘉島社長幫我演這齣戲。社長，真的很感謝您。」

「別客氣。畢竟是加賀崎小姐的請求嘛。而且身為上頭的人，生氣就類似工作一樣——唔喔。」

有人敲了門，嘉島站起身。

拿著托盤的職員從門後露臉，嘉島一邊道謝，一邊接過托盤。

「社長，我來——」「不用不用，沒關係啦。」在這樣的交談後，嘉島將咖啡杯並列在桌上。

咖啡的香氣搔癢著鼻子。

嘉島與加賀崎都伸手拿起了咖啡杯，因此由美子也決定不客氣地享用。

溫度正好適合飲用，高雅的苦味充斥口中。

呼——由美子這時總算鬆了一口氣。

「啊～……太好了……剛才真的好可怕……太好了～……」

她吐出感到安心的嘆息。因為緊張而一直僵硬不已的身體，總算放鬆了下來。

剛才真的好可怕。

無論是嘉島、加賀崎，還是這種狀況。

加賀崎希望由美子「切身體會」的意圖確實成功了。

嘉島露出苦笑，看似過意不去地搔了搔頭。

「剛才說了很粗暴的話，不好意思啊。還有，我也有話要說。對於希望妳繃緊神經的加賀崎小姐很過意不去，但我有件事想告訴歌種同學。」

嘉島說了這樣的開場白後，將手放在膝蓋上。

然後他當場深深地低下了頭。

「——歌種夜澄同學。謝謝妳牽起夕暮同學的手。」

「——慢點，慢點慢點慢點，您這是做什麼？」

出乎意料的行動讓由美子慌張起來。

竟然會被大人，而且是地位這麼高的人低頭道謝。

嘉島緩緩地抬起頭後，露出了微笑。

「剛才說的話也並非都是謊言喔。我們是真的在著手準備讓夕暮同學能夠順利回來當聲優的因應措施。但是呢，老實說我原本已經放棄了。」

他十指交握，滔滔不絕地繼續說道。

「夕暮同學跌倒了。對於那樣的她，我們能夠做的事情，頂多就是幫她整理好道路吧。如果她本身沒有要站起來繼續走下去的意思，便毫無意義。但是呢，即使被許多心懷惡意的

人踐踏臉部和雙手，依然願意站起來的這點，是很艱難的。一般來說，心靈像那樣被重挫的人，都沒辦法回來這個業界。」

嘉島的話蘊含著真實感。

由美子也有想到類似的例子。

她曾看過被迫暴露在惡意當中，結果無法再站起來的前輩聲優。

夕暮夕陽正是身陷惡意之中。

毫無根據地被懷疑陪睡、被暴露私生活、被不受控制的男人接觸。

那麼好強的女孩，心靈受到了重挫。

她本身哭著說她不當聲優了。

「夕暮同學能夠站起來，都是多虧了歌種同學。因為妳不惜犧牲自己也要伸手拉她一把，夕暮夕陽才能夠站起來。真的很謝謝妳。」

嘉島如此說道，再次深深地低頭道謝。

由美子不曉得該說什麼才好，只能輕飄飄地搖擺舉起來的手。

離開接待室後，嘉島送她們到電梯大廳。

「加賀崎小姐，下次再大家一起去吃飯吧。」

「好的，務必。還請您告訴我不錯的店家喔。」

兩人一邊聊著這樣的對話，同時準備按下電梯的按鈕。

就在這個時間點，突然有人從走廊深處露面。

一開始由美子以為那個人是學生之類的。

雖然嬌小的身體穿著西裝，但實在無法抹去那種衣服與人不搭調的感覺。

是個非常適合「求職學生」這個詞的女性。

稚氣的容貌化著淡妝，另外還戴上大大的眼鏡。圓滾滾的眼眸東張西望，身體也配合雙眼的舉動在動作。感覺很不穩重。

她一注意到由美子等人，便「啊」一聲地大大張開了嘴。

然後一臉慌張地朝這邊飛奔過來。

那股氣勢比想像中還強烈，她差點跌倒。

「啊，啊，社長！辛……辛苦了！事情已經談完了嗎……？啊，加……加賀崎小姐！久疏問……啊不對！昨天才見過！辛苦了！」

她啪噠啪噠地揮動著手，同時朝四面八方搭話。那副浮躁的模樣讓由美子不知所措，但加賀崎與嘉島似乎很習慣了。妳好，成瀨小姐——加賀崎如此向女性打招呼。

被稱為成瀨的女性與兩人簡短地交談了幾句後，轉頭看向由美子這邊。

她瞠大眼睛，用興奮的神色拉近距離。

「歌……歌種同學，幸會，我們是第一次見面呢！我……我是夕暮夕陽的經紀人，名叫成瀨！」

成瀨一邊這麼說，一邊想從內側口袋拿出名片。

「哇，哇，唔……唔喔！」

不過，是手滑了嗎？名片盒咚一聲地在半空中飛舞。

她當場像在玩丟沙包似的手忙腳亂起來。

加賀崎從旁接住彷彿隨時會掉落的名片盒。

她穩穩地拿住名片盒，遞給成瀨。

「拿去吧，成瀨小姐。慢慢來就好，請不用慌張。」

「啊，對……對不起，加賀崎小姐！謝謝妳！」

但是，才心想她似乎猛然驚覺什麼，只見她總算將名片遞給了由美子。

加賀崎和善地笑著，成瀨回以彷彿幼兒般的柔軟笑容。

「謝……謝謝，您多禮了……」

由美子接過名片，上面記載著「成瀨珠里」這個名字。

不過，為何千佳的經紀人要特地來跟自己打招呼呢？

就在由美子感到疑惑時，成瀨突然牽起她的手。

成瀨緊緊握住由美子的手，用力地上下搖擺。

「歌種同學！這次真的很謝謝妳！要是沒有歌種同學，小夕陽現在不曉得變成怎樣了……！真的……真的，非常謝謝妳！」

成瀨用彷彿隨時會哭出來一般感情豐富的聲音，重複地道謝好幾次。

啊，原來如此——由美子理解了。

她也跟嘉島一樣，因為千佳的事情很感謝出美子。

從經紀人的立場來看，她的感謝之情更在社長之上吧。

也不是不能理解她特地跑來道謝這件事。

「…………」

不過，總覺得渾身不對勁。

自己的確是打算幫助千佳。

然而，這樣簡直就像自己跟千佳是以堅固的羈絆連接起來一樣不是嗎？

好像兩人的關係被強調一般，總覺得冷靜不下來。

「成瀨，時間差不多了。」成瀨熱烈的感謝一直持續到嘉島如此阻止她為止。

「假如有我能幫上忙的事情，請儘管說喔！我什麼都願意做！」

加賀崎一直在旁默默聽著，但對於這句話——

「非常感謝。有事情需要幫忙的話，就麻煩妳了。」

她很精明地回應了。

嘉島與成瀨目送兩人離開，只見電梯門關上了。

等看不見拚命低頭道謝的成瀨後，由美子不禁發出了低喃。

「總覺得……她是個很浮躁的人呢。那種人當經紀人沒問題嗎？」

「說什麼傻話，那個人很優秀。夕暮能在短期間內嶄露頭角也是那個人的功勞，而且她還有負責其他當紅聲優喔。」

「咦，是這樣嗎？看起來一點也不像那麼能幹的人耶……我還以為她是新進職員。」

「那個人看起來年輕，但其實比我年長喔。」

「騙人！」

「真的。」

就在兩人聊著這樣的對話時，電梯停了下來，有其他職員進來了。兩人沒來由地陷入沉默。那名職員又在其他樓層走出電梯。

由美子看著加賀崎按下「關」的按鈕，開口詢問一直很在意的事情。

「嗳，加賀崎小姐。雖然社長生氣的樣子好像是演出來的……但加賀崎小姐呢？那也是演技？還是說妳真的在生……氣？」

「啥？我氣到發飆好嗎？」

「唔喔……」

與預料相反的反應，讓由美子連忙閉上嘴。

但為時已晚，加賀崎眼神凶狠地瞪著這邊看。

「我說妳呀。妳明白現在的狀況嗎？妳可是全盤否定了至今為止的偶像聲優活動喔。妳一點一滴累積起來的東西全部崩潰了。我當然會生氣。」

加賀崎嚴厲的聲音讓由美子反省自己剛才的發言。

自己問了很不謹慎的問題。

或許是聽到嘉島與成瀨說了自己想都沒想過的話，在不知不覺問得意忘形了起來。

加賀崎將視線拉回前方，嘀咕了幾句。

「從經紀人的角度來看，其他經紀公司的聲優根本無關緊要。我希望妳只考慮到自己的事情就好。」

「加賀崎小姐……」

這正是父母心啊。加賀崎一直在近距離看著由美子努力的身影。

站在她的立場來想，由美子的行動實在讓她看不下去吧。

「只不過——」

加賀崎忽然將視線往上移，如此低喃。她將臉面向這邊，露出淺淺的微笑。

「如果不是以經紀人身分，而是作為單純的小林檎來說，我認為由美子的行動很了不起。居然不惜犧牲自己也要幫助別人，這不是一般人能辦到的事情。妳很偉大喔。」

加賀崎一邊這麼說，一邊將由美子抱入懷裡。

她讓由美子的頭貼在自己的肩膀上，同時溫柔地拍了拍由美子的頭。

那股溫暖讓由美子緊緊抓住加賀崎的手臂。

「加賀崎小姐……先嚴厲地教訓之後再溫柔對待，這樣根本是家暴男的行為……」

「家暴……妳講這什麼話啊。剛剛那是挺溫暖人心的一段交流吧。妳可以大方地主張加賀崎小姐我好喜番泥～喔。」

「內心是溫暖起來了啦……可是那種做法……不過，我一直都很喜番加賀崎小姐喔～」

「是這樣啊。小林檎也很喜番由美子喔。」

兩人互相講著這種傻話，同時走出了電梯。

與服務台人員交談幾句後，她們前往外面。

然後在穿過大大的自動門後。

與正好要進入大樓的人對上了視線。

「咦？加賀崎小姐？居然會在如此稀奇的地方見到妳呢。」

有人像這樣搭話，她們停下腳步。

「嗯……啊，柚日咲小姐。對喔，柚日咲小姐也是隸屬於藍王冠呢。」

朝這邊搭話的是惹人憐愛的嬌小女性。

由美子驚訝得瞠大眼，因為是她看過的人。

——是「玖瑠瑠」！

柚日咲芽玖瑠，通稱玖瑠瑠，是隸屬於藍王冠的女性聲優。

關於她的演藝經歷，記得櫻並木乙女以前曾說過「我跟小玖瑠是同期喔～」只不過，她的年齡應該是比乙女小一歲的二十歲才對。

她是在現今依舊大受歡迎的「十人偶像」，通稱「十偶」中演出過許多場演唱會，能歌善舞的偶像聲優。

這是第一次實際見到她本人。

得打招呼才行——就在由美子觀察著兩人的樣子時，芽玖瑠先注意到她了。

「在那邊的是……歌種夜澄同學，沒錯吧。」

芽玖瑠雙手背在身後，微微歪頭地仰望著這邊。

好可愛。小巧的臉蛋與柔順的秀髮、充滿彈性的肌膚。明明是娃娃臉卻感覺有些成熟的表情，緊緊抓住觀眾的心。

外表雖然稚氣，但彷彿小惡魔般的表情和動作真的很適合她。

有一種讓人想緊緊抱住她的嬌滴可愛感。

芽玖瑠雖然個子嬌小，卻擁有雄偉的胸部。抱起來的感覺一定無與倫比吧。

由美子感覺心情變得暖洋洋的，她低下頭打招呼。

「是的，幸會。我是隸屬於巧克力布朗尼的歌種夜澄。請多指教。」

「我是隸屬於藍王冠的柚日咲芽玖瑠。妳今天是為了夕暮的事情過來的嗎？我也想跟歌

種同學道謝呢。」

芽玖瑠朝這邊伸出手。

由美子發現她是想跟自己握手，連忙握住了她的手。

居然連玖瑠瑠也要向自己道謝嗎？

雖然有些渾身不自在，卻不會覺得不舒服。

芽玖瑠緊緊地回握由美子的手，看似開心地露出微笑。

「真的很謝謝妳呢，歌種同學──謝謝妳把我家愚蠢的後輩確實地打入地獄。」

……嗯？

是聽錯了嗎？由美子目不轉睛地注視芽玖瑠的臉。

只見她的眼眸不知不覺間充斥著冰冷的光芒。

友善的笑容消失不見，轉變成沒有溫度的表情。

她瞇細雙眼，打從心底感到傻眼似的開口說道。

「被懷疑陪睡，是身為偶像聲優最差勁且最糟糕的失誤呢。太缺乏警覺了，太小看工作了。不管再怎麼說，那都太過分了。想幫忙補救這件事的經紀公司也該反省。像那樣寵壞底下的人要怎麼辦啊。明明那是就算把她炒魷魚也不奇怪的失態。」

芽玖瑠的手放開由美子，仍然一臉憎恨似的繼續說道。

「經紀公司既沒有給予懲罰，況且如果是夕暮的話，我本以為她一定不會看氣氛，若無

其事地回來當聲優呢。但是那樣很奇怪吧，沒辦法給周圍做榜樣吧。為什麼犯下最嚴重禁忌的傢伙沒有受到任何處罰呢──我如是想時，妳就幫忙動手了。」

芽玖瑠一邊這麼說，一邊用手指戳了戳由美子的肩膀。

「多虧有妳幫忙把夕暮的事情全部暴露出來，偶像聲優夕暮夕陽確實死亡了。是妳幫忙把夕暮推落到地底。要從那裡爬上來不是什麼簡單的事情吧，所以我很感謝妳喔，歌種夜澄。謝謝妳幫忙給愚蠢的後輩應得的懲罰。」

芽玖瑠笑咪咪地如此說道。

那唐突的發言與滿分一百分的笑容，讓由美子一開始沒聽懂她在說什麼。

但是，芽玖瑠的話慢慢地滲入腦內，由美子總算理解了意思。

看來她──柚日咲芽玖瑠似乎正在表露出惡意。

「──呃，柚日咲小姐。是我聽錯了嗎？在我聽來，妳好像因為不幸的後輩失去立足地而感到開心耶。」

「嗯？妳是聽不懂別人說什麼的女孩嗎？不是不幸的後輩，是愚蠢的後輩，在工作上搞出最糟糕失誤的愚蠢後輩。我以為自己很細心地說明了，但妳沒聽懂嗎？要不要我再說一遍給妳聽呢？」

「不用了。先不提那些，妳說的話很不合情理呢。那是一場不幸的意外吧。居然有度量如此小的前輩，會因為後輩的不幸感到開心。要是有這種時間，拿去多上些課程如何呢？」

「就是因為把那種狀況稱為不幸的意外，妳才會是三流聲優喔。看到昨天那件事情我就在想了，妳真的是很天真呢，根本沒有認清現實。輕率也要有個限度。」

芽玖瑠的音調逐漸變得低沉且厚重。

她仰望這邊的眼神十分銳利，有著與可愛外表相反的魄力。

「歌種和夕暮現在都只是沉浸在戲劇化的感傷之中罷了。如果想玩那種不切實際的友情遊戲，到別的地方玩吧。好好地給我正視現狀。明明什麼都不懂，別講得那麼輕鬆。我就是在說妳這種地方根本算不上是職業聲優。」

她像在咒罵似的說道。

雖然她的態度讓人感到火大，卻有種不由分說的驚人魄力。由美子差點因為那股威壓感而畏縮起來，反駁的話卡在喉嚨裡出不來。

「……為什麼非得被妳那樣講不可啊？跟妳沒關係吧。」

結果只能說出這種程度的話。

不過，一聽到由美子這番話，芽玖瑠的眼眸立刻明確地燃起憤怒的火焰。

「就是有關係，我才會這麼說啊。妳知道因為妳的自我陶醉，給其他聲優添了多少麻煩嗎？缺乏想像力也該有個限度吧。」

她浮現出厭惡的表情，從正面瞪著這邊看。

「因為妳們兩個笨蛋大搖大擺地宣揚『女性聲優在幕後其實是這樣子的人喔』，『自

己喜歡的聲優會不會在幕後也是另一個人呢？會不會性格很惡劣呢？自己是不是也被騙了呢？』——這種想法開始深深烙印在粉絲的腦海裡了。」

「————」

這番話是由美子想都沒想過的部分。

她說不出話來。她從未像那樣思考過。她根本沒有餘力去思考那些。

沒想到自己們的行動竟然會影響到其他聲優。

看到由美子彷彿現在才注意到的反應，芽玖瑠的表情變得更加嚴厲。

「每當聲優做出可愛的發言或舉動時，就會被懷疑。就算那是發自心底說出的話，或是單純的習慣，粉絲也變得無法坦率地接受。妳們就是施加了這樣的詛咒。沒有關係？真虧妳說得出這種話呢。所以我才討厭小鬼。」

單方面地遭到言語攻擊，由美子無法反駁，陷入沉默。

腦袋被攪拌得一團亂，思考完全停止了下來。

「柚日咲小姐，請妳就此打住吧。妳這樣欺負我家的孩子，讓我很困擾。」

突然有人從旁邊丟了這樣的話進來。

是一直默默聽著的加賀崎。

一聽到加賀崎的話，芽玖瑠立刻將視線從由美子身上移開，面露微笑。

「什麼欺負，請別說得如此壞心眼。我今後也想跟加賀崎小姐一起工作，有機會還請多多指教喔。」

那我告辭了——芽玖瑠這麼說，毫不猶豫地走向公司那邊，沒跟由美子打任何招呼。

「……啊，對了。」

不過，她忽然停下腳步，轉過頭來。

剛才那種裝出來的笑容消失無蹤，她用認真的表情注視著這邊。

「我覺得被妳們害得最慘的人，是櫻並木小姐喔。妳們之前組了叫做愛心塔的團體對吧。都是因為被兩個有負面爭議的聲優包夾的關係，她已經在網路上被人說『小櫻也有不可告人的一面吧』。歌種跟櫻並木小姐感情很好對吧。讓最喜歡的前輩名譽掃地，究竟是怎樣的心情？」

「啊——！那人是怎麼回事呀！真教人火大～！」

由美子將頭撞向汽車儀表板，啪噠啪噠地搖晃著手腳。

加賀崎手握著方向盤，笑而不語。

「或許的確就跟那個人說的一樣啦！要怪我沒有考慮到那麼多！但也沒必要用那種說法吧！」

「是啊。她的說法是有一點難聽。」

「有一點？是相當難聽吧！啊～啊，虧我之前還挺喜歡玖瑠瑠的。沒想到她竟然是講話如此惡毒的人！感覺幻滅了！」

「咦，妳好意思講這種話？我應該笑一下比較好？」

即使在像這樣交談時，加賀崎看來依舊有些開心的樣子。

她有時會感到滑稽似的笑著。

「怎麼啦？加賀崎小姐。妳好像心情不錯？」

「啊，嗯。因為我覺得自己必須講的話，柚日咲都幫我講出來了。感覺有些滑稽呢。」

加賀崎這麼說，又笑了笑。

由美子噘起嘴唇，將下巴放在儀表板上。

「原來加賀崎小姐也那麼認為嗎……嗯～雖然可以理解啦，但果然還是很火大。」

唔嗚──由美子咬了咬嘴唇。

柚日咲說的話或許是番義正詞嚴的道理，但用不著像那樣故意挖苦人似的說吧。說到底，她根本不是自己經紀公司的前輩還是誰，第一次碰面就像要找自己打架一樣，實在太過分了。也會讓人抱持反感。

看到氣呼呼的由美子，加賀崎開口安撫她。

「她的說法很難聽是事實，原本那種事情應該是由我們的立場來講才對呢。柚日咲說的話儘管詞嚴義正，但就算如此，也有可以說和不該說的話嘛。嗯，妳就只聽對自己有利的部分吧。」

被加賀崎拍了拍頭，由美子的心情稍微平靜下來。

她抬起頭一看，只見車子正好因為紅燈停下。

加賀崎迅速地操作手機，不知為何還將手機放在手機架上。

「不過呢，由美子。即使妳看柚日咲不順眼，她也是妳應該當成目標的模樣喔。」

「咦咦？」

加賀崎一邊說著奇怪的話，一邊播放影片。

只見有個惹人憐愛的女孩在手機螢幕裡一臉笑咪咪的。

『各位觀眾～轉啊轉～「柚日咲芽玖瑠的轉啊轉旋轉木馬」第２１２回開始了！這次有來賓蒞臨！那麼，究竟會是哪位人物呢？』

面帶笑容地揮著手，充分運用嬌小的身體展現豐富的肢體語言主持著節目的女孩——是柚日咲芽玖瑠。

明明是剛才還在針鋒相對的對手，那模樣卻讓人不禁覺得「唔……好可愛……」

『大家好～！我是櫻並木乙女！小玖瑠，好久不見了呢～！』

『呀～小乙女好久不見～！很高興妳來上節目喔～！有同期來上節目，果然會特別開心！』

『嗯嗯，就是說呀！能跟小玖瑠一起工作，我也很開心呢！』

『妳今天當然是純粹來見我，沒有要宣傳什麼吧？』
『不，我是來宣傳的！』
『呃，來宣傳的嗎？（笑）妳不該活力充沛地講這種話吧？（笑）』
『因為經紀人說這個節目一定會讓我好好宣傳。』
『嗯，是沒關係啦？但妳別講得這麼清楚比較好吧？』
『因為經紀公司的某個人說這個節目一定會讓我好好宣傳。』
『別講清楚的地方不是那裡吧？』
『明年二月公開的「電影版行星天堂」，請大家多多指教！』
『小乙女，妳是中了今天不宣傳會死的詛咒嗎？』
從這段裝傻的對話中，可以聽見編劇的笑聲，觀眾留言的反應也很熱烈。
雖然平常感覺像在發呆，但能準確地掌握觀眾的笑點。會確實地完成工作。
這就是對柚日咲芽玖瑠的印象。
說到底，乙女並不是那種會率先逗人笑的類型。
剛才的對話感覺也是刻意演出來的。
『呃，話說「電影版行星天堂」應該是動畫最終回後的故事吧？』
『沒錯！會描寫最終話一年後的故事，是完全新作喔！』
『哦哦。說到最終回，最後還殘留了一點謎團，那樣的演出在網路上也成了話題呢。這

表示那個的謎團會在電影版解開嗎？』

話題變成乙女演出的動畫。

芽玖瑠接連提出問題與附和，她說話的節奏和內容十分巧妙，也有很多留言對芽玖瑠的發言表示感激，像是「我就是希望她問這個」、「她問到我一直很在意的事」等。

她進展話題的方式，讓即使是不感興趣或不知道作品的人也能確實地關注內容。

非常高明，比自己要厲害太多了。

「唔……」

就在由美子看著影片發出低喃時，依舊面向前方的加賀崎開口說道：

「『柚日咲芽玖瑠的轉啊轉旋轉木馬』、『芽玖瑠與花火的我們是同期，有事嗎？』『十偶廣播』……主持三個正規廣播節目，無論哪個都是超過兩百回的長壽節目。尤其厲害的是『十偶廣播』啊。由美子，妳知道嗎？」

「……是演出『十人偶像』的十個人會輪流擔任主持人（Personality）的廣播節目對吧。但只有MC（司儀）不變，一直都是由玖瑠瑠負責。」

「沒錯。要說為什麼，就是因為讓柚日咲擔任MC的話，無論是什麼組合都能放心。」

車子在等紅綠燈。加賀崎將手指伸向手機，迅速地操作起來。

「柚日咲芽玖瑠在動畫和遊戲中飾演主要角色的次數屈指可數，表現並不搶眼。相對地，假如她所演出的作品有特別節目或活動，有很高的機率會找她參加，因為有柚日咲在就

能順利進行。無論是從工作人員或是從觀眾的角度來看，『有這個人在就放心』的控場專家非常寶貴，而且有很大的幫助。」

這次播放的是「芽玖瑠與花火的我們是同期，有事嗎？」

『這次我們要進行的遊戲是「不能說英文的遊戲」！喔！唔哇，老套到我都嚇一跳。咦，已經ＳＴＡＲＴ了？花火，他們說已經ＳＴＡＲＴ了！咦，剛才的ＳＴＡＲＴ算ＯＫ嗎？ＳＡＦＥ？啊，ＯＫ會ＯＵＴ？啊，ＯＵＴ也ＯＵＴ啊！啊，ＳＡＦＥ也不行吧？』

儘管嘴上說是老套的遊戲，氣氛仍炒得非常熱烈。

影片裡的芽玖瑠笑到眼淚都掉出來了。

看來似乎是戳到了笑穴，芽玖瑠與搭檔的主持人夜祭花火一起趴倒在桌上，顫抖著身體。

主持人感覺很開心的廣播十分強大，笑聲不斷的節目充滿魅力。

雖然不曉得這是否經過計算，但至少「芽玖瑠與花火的我們是同期，有事嗎？」是個熱門節目。

「這就是由美子應該當成目標的理想之一呢。妳應該可以理解柚日咲罕見的聊天力是一種武器吧。妳需要的就是某種武器喔。」

加賀崎一邊調整太陽眼鏡的位置，同時冷靜地繼續說道。

「歌種夜澄失去了偶像聲優這個武器。現在的妳是赤手空拳，必須盡快找到其他武器。

就這層意義來說，柚日咲芽玖瑠這個存在非常值得妳參考喔。」

「…………。」

由美子將視線拉回到手機上。

螢幕裡的芽玖瑠看來很開心似的，輕快且風趣地談笑風生。

多虧了這個武器，芽玖瑠獲得穩定的工作，能夠以此維生。

至於由美子，明明原本就沒工作上門，現在連偶像聲優的工作也沒辦法做了。

要是有飾演角色的工作倒也行，但就現狀而言，歌種夜澄並沒有那種力量。

「雖然我明白加賀崎小姐想說的話啦……」

由美子能夠理解。但天真無邪地笑著的芽玖瑠，與毫不留情地潑口大罵的芽玖瑠，這兩者重疊起來，讓由美子無法坦然地接受。

加賀崎露出苦笑，咚咚地敲了敲手機。

「就算只是這一個節目，也有很多妳應該學習的地方喔。默契十足的主持人散發出的魅力果然不同凡響。能夠變得像這兩人一樣，以節目來說是最理想的吧。」

「默契十足的主持人……」

回想起來的是那個少女的容貌。

「夕陽與夜澄的高中生廣播！」的另一名主持人，夕暮夕陽。

與她默契十足的互動。

倘若是以前根本無法想像，但現在是否能辦到呢？

「呼……」

換上家居服後，由美子跳到自己的床上。

時刻剛過中午。母親因為晚上要工作，目前還在睡。

加賀崎請由美子吃了一頓有點貴的午餐後，送由美子到家裡。

「總覺得疲勞一口氣湧現出來了呢……」

仔細一想，從昨天開始的發展可說是波濤洶湧。

網路上傳出夕暮夕陽有陪睡嫌疑的謠言，有奇怪的男人在學校大鬧，由美子舉行了一場暴露出一切的現場直播。然後是剛才的向藍王冠賠罪還有與芽玖瑠的接觸。

這些事情都處理完之後，才總算有了活過來的感覺。

「……渡邊在做什麼呢？」

冷靜下來後，首先想起的是廣播節目的搭檔樣貌。

由美子拿出手機。沒有任何通知。千佳也沒有聯絡自己。

「…………唔～」

她將臉埋在枕頭裡，發出悶哼的聲音。

昨天在現場直播結束後的交流，讓她感到渾身不自在。

由美子只是猛烈地感到難為情。

雖然那時只能滿臉通紅地扭扭捏捏，但現在也經過了一段時間，稍微冷靜下來了。如此一來，就不禁非常在意千佳的現狀。

「……好。」

打電話給她看看吧。

由美子抬起上半身，撥打千佳的手機號碼。

鈴聲響了一陣子，然後停止。

『……喂。』

是千佳的聲音。

聽到她的聲音，由美子稍微鬆了口氣。

「啊，渡邊？現在方便嗎？在家裡？」

『……嗯，我在自己家。什麼事？』

「啊，嗯。我想說妳不知在做什麼。畢竟發生了很多事情，果然還是有點擔心嘛。怎麼樣呀？那之後沒問題嗎？」

試著實際打電話給她後，意外地能夠流利地說話。

『………………』

「渡邊？」

由美子自認很自然地在說話，千佳卻沒有回應。

由美子急遽地感到不安起來。

該不會什麼問題也沒有解決吧？

或者又發生了新的問題呢？

千佳的沉默實在過於可怕，由美子實在等不及她的回應。

「慢點，渡邊。妳應該不要緊吧？還是說發生什麼事了？要是出了什麼事情，也跟我說一聲嘛。雖然不曉得能不能幫上忙……但我希望妳能找我商量喔。妳的聲音好像也沒什麼精神，該不會真的……」

『呵——』

由美子在不安的驅使下，彷彿機關槍似的接連說道。

於是千佳總算有了反應。

是笑聲。

不過，那是彷彿從鼻子發出來一般，顯然把由美子當傻瓜的嘲笑。

「……渡邊？」

『沒事，只是覺得妳的說法很像那個，自以為是男友的阿宅？不是有那種只是在見面會被記得了長相，態度就變得很親暱的人嗎？在推特上也很愛裝熟。像是回覆「妳的聲音聽起來沒什麼精神，還好嗎？我很擔心。有什麼煩惱就跟我說吧」之類的。那個真的教人很受不了。但聽到有人直接對自己這麼說，反倒會笑出來呢。』

——隔著手機傳來了這樣的話語。

『妳滿有天分的喔。妳要是在演唱會時，到後面交抱雙臂的話，應該很適合吧？不過那種行為一般只會讓人退避三舍，勸妳還是別那麼做比較好喔。至少我是挺不敢領教的。』

在由美子說不出話來的期間，千佳的嘲笑也不斷累積下去。

啊，對喔。我差點都忘了。

渡邊千佳這個女人，是打從心底一點都不可愛的女人啊——！

「——嗯，是呀。當別人感到沮喪或發生什麼事情時，照理說都會替他擔心就是了。但妳沒有那種經驗，所以不曉得嗎？一般社會的人際關係是會進行這種交流的喔。雖然永遠都是人類社會研修生的妳可能無法理解就是了。」

『哦？沒想到會被像妳這樣的蠻族解說人類社會呢，好像在跟野獸學習遣詞用字一樣。我正在進行相當愉快的體驗呢。』

「都是因為妳平常不說話，才會連野獸也這樣顧慮妳吧？想說這傢伙不懂語言啊～要不要我教妳怎麼跟人說話呀？來，試著說說看『你好』？跟著我說，你好。」

『——又來了。我真的很討厭妳這種地方。昨天直播時，妳最後明明哭出來，什麼話都不會講了。』

「——！我……我說妳呀，哪壺不開提哪壺？渡邊妳還不是——！」

在連續幾次這樣的對話後，終於忍受不了的由美子單方面地掛斷了電話。

「啊真是的，真教人火大！」

由美子砰一聲地將手機摔向床上。焦躁感竄過全身，身體彷彿會因為壓力而破裂一般。

這女人怎麼會這麼不可愛！由美子火大得不得了。

她氣勢猛烈地倒落到床上。

經過昨天那件事後，以為稍微心意相通了的自己真是傻瓜。

默契十足的主持人？

真想詛咒以為能變成那樣子的自己。

自己果然無法跟那個女人互相理解。

也不打算理解！

NOW ON AIR!! 第25回

「呃～有件事很令人感激，就是這個廣播可喜可賀地決定繼續播出。」

「真的是可喜可賀呢。」

「由夕口中說出，聽起來就像是別的意思呢……呃，非常令人高興的是，似乎也受到聽眾好評。」

「雖然完全不懂為什麼會受到聽眾歡迎就是了。」

「哎，也是呢……然後呢，嗯～雖然不太想在廣播上說這種事情啦。」

「哎，不過呢，依舊得告知才行呢。」

「嗯，也是呢……呃～就是說，那個……可以請大家不要來我們學校嗎……」

「就是這麼回事。自從那次事件之後，我們就讀的高中被特定出來。只要用『夕暮夕陽　高中』或『歌種夜澄　高中』來搜尋，兩秒就會跑出結果了。」

「嗯，因為這個緣故，開始有人會守在學校外面等我們出現，老實說很傷腦筋……雖然在推特、部落格和經紀公司的網頁上都寫了類似提醒文的內容……」

「但沒什麼效果。」

「很感謝大家願意接納我們！也很高興大家願意當我們的粉絲！可是，對不起，拜託你們別跑來學校！」

「再多說一點。」

「拜託大家了，請你們不要再跑來我們學校！」

夕陽與夜澄的高中生廣播！

「……夜都這麼說了，可以請大家別再跑來了嗎？她好像不喜歡這樣。我倒是還好就是了。」

「啊！妳……妳真卑鄙！妳那樣講很奇怪吧！妳也說過自己很傷腦筋吧！唔哇～真卑鄙，那樣很狡猾喔！」

「我是說過很傷腦筋，但沒有嚴重到要在廣播上講……雖然妳好像不是那樣就是了。妳好像到了極限呢。因為夜表示很傷腦筋，我只是默默聽妳說而已喔。」

「妳……妳來這招？呃，妳那樣、那樣是不行的吧。那……那樣很狡猾吧。只有我變成壞人了嘛。那樣有點……不行吧……」

「…………咦，慢點。妳怎麼當真垂頭喪氣起來啦。會讓我嚇一跳耶。」

「因為，這樣實在……」

「妳的心靈在奇怪的地方很脆弱呢……明明平常被講得那麼誇張都不當一回事，卻無法承受這種話嗎……？啊真是的，我開玩笑的啦。是我不好，先別提這些──」

to be continued……

距離陪睡事件已過了幾星期。

「夕陽與夜澄的高中生廣播！」迎接了當初預定的最終回，也就是第24回，但順利地發表了會繼續播出的消息。

出差版的直播賺到許多播放次數，平常播出的節目收聽次數也跟著成長了不少。

放棄裝模作樣的由美子與千佳的對談意外地受到好評，覺得有趣的聽眾也增加了。此外，還有一部分聽眾認為用以前的人設主持的節目也具備一種反差感，相當有意思。

不過，在同時也出現了一些問題。

在上學途中的電車內。

是因為搭乘比平常早一點的電車嗎？車內並沒有很擁擠。

就在由美子漫不經心地看著窗外時，從有些距離的地方傳來手機的快門聲。

「…………」

她一邊留意避免做出過度的反應，同時看向那邊。

只見有兩個年輕男性拿著手機，好像在交談著什麼。

他們不時地偷瞄這邊……由美子有這種感覺。

他們並沒有向自己搭話，也不曉得實際上是否被拍了照片。

但這樣還是讓心情憂鬱了起來。為了以防萬一，移動到其他車廂的行動也是。

由美子看向自己映照在窗戶上的身影。今天同樣化了完美的妝，頭髮也用電棒燙得蓬鬆柔軟。上衣解開了幾個鈕扣，露出心型項鍊。雖然腳覺得冷，但絕不會停止穿迷你裙並露出美腿的裝扮。

這是自己喜歡的打扮。

明明如此，心情卻感覺有些陰暗。

「呼——」

由美子一邊嘆氣，一邊走下電車。

在平常下車，離學校最近的車站——的前一站。

在這裡下車的乘客相當少，車站也十分冷清。

當然，跟自己同一間高中的學生，沒有人會在這裡下車。

除了一個人以外。

「……早安。」

「……早。」

不小心對上了視線，沒辦法視若無睹，於是互相打了聲招呼。

那是個身材纖細，個頭也很嬌小的女孩。裙子很長，且整齊地穿著制服，感覺就是個很認真的學生。特徵是長長的瀏海，雙眼被遮掩起來，無法看得很清楚。倘若沒有這點，說不定看起來便像是隨處可見，既懦弱又似乎很認真的女孩。

不過，她是個一旦開口，講話惡毒到會讓人啞口無言的少女。

是個一旦瞪著人看，任誰都會受不了那凶狠眼神的少女。

她正是夕暮夕陽——也就是渡邊千佳。

既然會在這一站下車，就表示她也抱有同樣的想法吧。

兩人姑且警戒著周圍，一起在月台上走著。

「……在嗎？」

「目前是沒問題。但剛才可能在電車裡被拍照了。」

「喔，這樣呀……真受不了呢。」

千佳一臉嫌麻煩似的嘆了口氣。由美子也跟著嘆息。

「因為那件事被發現就讀的高中，實在教人吃不消呢……」

讓由美子與千佳放棄裝模作樣的原因。

因為被懷疑陪睡的那起事件，歌種夜澄與夕暮夕陽就讀的高中已經眾所皆知了。

傳到網路上的影片中完整地拍出了制服，清水也引發負面爭議，個人情報完全被洩漏了。只要調查一下，就能輕易地找到高中的名稱。

如此一來，必然會出現跑來學校看的人。

至於跑來看的人是粉絲？前粉絲？還是黑粉？由美子也不清楚。

不過，在「曾經欺騙粉絲」一事暴露的現在，無論如何，與那樣的人接觸都很危險吧。

「等一下。妳可以不要跟我並肩走嗎？這樣很引人注目吧。」

聽到千佳這麼說，由美子從思考中被喚了回來。

她看向旁邊，只見千佳一臉困擾似的扭曲著表情。

彷彿隨時會揮手趕人去旁邊一樣。

「既然這麼想，那妳先走就好了吧。為什麼我得配合妳才行啊？」

「不曉得在花俏什麼的佐藤比較適合走在前面吧。就跟飛蟲會聚集在路燈下一樣，大家都會看向那邊。畢竟平常根本沒有用處，在有用時發揮一下功能如何？」

「不，那根本沒關係吧。渡邊不是特別強化了融入風景的技能嗎？妳很擅長消除存在感對吧。明明就在旁邊，卻好像會找不到人。」

「哎呀，應該要怪妳戴的假睫毛吧？都是因為戴了那種東西，視野才會那麼狹窄吧。畢竟妳根本看不見任何周圍的事物呢，所以打扮得那麼難為情也能若無其事嘛。感覺就像現代版國王的新衣。」

「那妳豈不是現代版灰姑娘？以為只要灰頭土臉地打掃房子，有一天王子大人就會對妳一見鍾情嗎？不過真遺憾呢，現代可沒有什麼魔法使。妳就一輩子露出凶狠的眼神在那裡打

掃吧。」

兩人一邊像這樣爭吵，同時呵呵地露出緊繃的笑容。

結果兩人都不肯退讓。她們就這樣並肩前往學校。

即使到了學校，她們也避免從正門或後門進入。

自從一度看到有人埋伏在這裡後，她們便從其他地方悄悄進入。

圍住操場的柵欄有一部分破掉，能夠從那裡進出學校。

雖然要繞遠路，而且被教師抓到會很不妙，但能夠放心進出學校的地方就只有這裡了。

「啊，由美子。早～」

同班的朋友川岸若菜，在鞋櫃處向由美子搭話。

她露出天真無邪的笑容，看似開心地揮著手。

由美子瞥了旁邊一眼。早已不見千佳的身影。

她若無其事地遠離人的技術實在高超得驚人。她已經換上室內鞋了。

「……若菜，早。」

由美子一邊對千佳抱持難以言喻的感情，同時以笑容回應若菜。

於是她來到身旁，環住由美子的手臂，悄悄地在耳邊低語。

「昨天在回家的路上，有疑似在蹲點等妳出現的人喔。可能還是先別普通地回家比較好。」

她用周圍聽不見的聲音如此告訴由美子。

雖然有人蹲點讓由美子心情低落，但若菜的貼心溫暖了她。

「謝謝妳喔，若菜。給妳添麻煩了。」

「說這什麼話呀，我們不是夫婦嗎？」

「我是老公？老婆？」

「妳想當哪邊～？」

「是若菜的話，哪邊都行喔。」

「討厭啦～」

兩人一邊說笑，一邊打開鞋櫃換上室內鞋。由美子拍了拍蹲下來的若菜的頭。

「但我真的很感謝若菜喔。像是在班上的事情，妳幫忙說了很多話呢。」

「那個與其說是我幫上什麼，不如說是大家太糟糕了。」

若菜噘起嘴唇。

因為發生了清水那件事，校內的人都知道由美子與千佳是聲優了。

基於這個緣故，在事件發生的隔週，起了不小的騷動。

「好像發生了很多事情，不要緊嗎？」「原來妳們在做聲優的工作呀。如果有什麼需要幫忙的事可以說一聲喔。」像這樣替兩人擔心的女生們非常令人感激。

誇張的是男生。

無論是同班還是不同班的男生都一樣。

一知道由美子是聲優，根本也沒多熟的男生跑來說什麼「妳認識●●嗎？可以安排我跟她見面嗎？」「聽說妳跟小櫻很熟，真的假的？幫我要張簽名來嘛。」「錄音時可以帶我一起去嗎？」的時候，讓由美子感到很無言。

不是把兩人當成佐藤由美子或歌種夜澄，而是當成不知名的聲優對待，這讓人有一點難受。

因為剛碰到許多事件撞在一起，就更加吃不消了。

「你們別這樣啦。由美子就是由美子啊。」

幫忙這麼說話的就是包括若菜在內的班上女生們。

多虧了她們，由美子並未碰上感覺更不舒服的事情。

附帶一提，雖然千佳也同樣被纏上──

「請你從今以後一輩子都別跟我搭話，絕對不要。否則我也會讓你受輿論抨擊喔。」

但她如此說道，還伴隨著強悍的眼光與「嘖」的咂嘴聲，因此沒有學生敢再靠近她了。

由美子進入教室，一邊與其他女生互打招呼，同時坐到座位上。

隔壁座位的木村隨即突然嘀嘀咕咕起來。

「啊……啊～膠女果然很……很棒呢……我非常喜歡喔……」

「…………」

他像在賣弄似的攤開動畫雜誌，同時不停地窺探著這邊。

他以前在書包上掛著「塑膠女孩」的「鐵線蕨」的軟膠吊飾，但現在換成了「萬壽菊」。

「木村……我不是說過別這樣了嗎？」

「咦，什……什麼意思？我……我只是在看喜歡的動畫的報導啊……！」

不出所料，挨若菜的罵了。

由美子一邊看著那光景，同時「唉」一聲地嘆了口氣。

放學後。

今天是高中生廣播的錄音日，所以接下來必須前往錄音室才行。

「那再見嘍，由美子。我還要打工，先走了！」

若菜啪噠啪噠地離開教室。

由美子朝她的背影揮了揮手後看向窗外，觀察今天的狀況。

千佳早已經在窗戶旁邊占好了位置。

在其他學生因為社團活動或準備回家而逐漸離開時，由美子與千佳則是從窗戶俯視校門口。

「還在呢。」

「還在啊……」

可以看到有幾個疑似在等人出來的男性站在校門旁邊。

雖然他們裝出若無其事的樣子，但很明顯地是在等歌種夜澄與夕暮夕陽。

「啊，老師過去了。」

是有人說了什麼，還是看不下去了呢？體格壯碩的體育教師踏著沉重的步伐慢慢地走了過去。看到教師出現，那些男性便慌張地鳥獸散了。

不過，他們應該暫時還會在附近徘徊。

要從校門口回去是不可能的吧。

「唉……看來今天也只能從柵欄那邊回去了呢。」

千佳摻雜著嘆息如此說道，於是由美子悄悄地告訴她。

「……關於那個，渡邊。我昨天聽說那個很快就會修好了。」

「咦，是那樣嗎？那還真是傷腦筋呢……我還沒勇氣從校門口回去耶。」

千佳一邊用手摸著窗戶，同時感到疲憊似的垂下肩膀。

「佐藤打算怎麼辦呢？看妳好像挺冷靜的樣子。」

「喔。因為實在沒辦法，我在想要不要變裝好了。」

「變裝？」

千佳皺起眉頭。她稍微搖了搖頭之後，打從心底感到傻眼似的開口說道：

「妳打算戴上帽子，口罩和太陽眼鏡嗎？要是有那種人從學校裡走出來，簡直就像在說『我就是大家要找的人物』一樣嘛。妳再稍微動點腦如何？」

「不用妳說我也知道啦。妳才應該動動腦。」

這次換由美子感到傻眼。

於是千佳用視線詢問「要怎麼做？」

「哎，妳就看著吧。」

由美子一邊笑，一邊回到自己的座位。

她從書包裡拿出要找的東西，並排到桌子上。

千佳雖然跟了過來，但她無事可做，在由美子旁邊一臉無聊似的呆站著。

由美子拉出若菜的椅子，開口說「坐下吧？」千佳便老實地照做了。

由美子帶來的東西是一整套卸妝道具。

她準備了在外面也能輕易卸妝，甚至還能保濕防護的卸妝棉等用品。

她立起隨身鏡，用髮帶推起頭髮，然後拿起卸妝用品。

她無視感到疑惑的千佳，迅速地卸妝。

「好……嗯。」

卸完妝之後，她拿出梳子梳頭髮。

將頭髮梳理整齊後，她將長髮綁成一束，仔細地編織成辮子。

她拿掉項鍊和耳環，放到收納盒裡。

然後將上衣的鈕扣都扣起來，裙子也拉回到原本的位置，讓長度看來偏長。

彷彿要給予致命一擊似的，最後還戴上了沒有度數的眼鏡。她當場站了起來。

「好啦，怎麼樣呢？」

由美子張開雙手，秀給千佳看。

雖然也想問問其他同班同學的意見，但教室裡已經只剩下自己們了。

不過，千佳的反應相當好，好到不需要擔心那些事。

千佳不停眨眼，難得坦率地感到佩服。

「看起來只像個認真的學生……完全變了個人。跟平常的妳判若兩人喔。」

「對吧對吧。說是變裝，也有很多種方式喔。」

「雖然厲害，但很狡猾呢……應該說是因為妳平常就那種打扮，才能辦到如此誇張的事情嗎？該不會妳平常化妝都是為了這種時候？」

「怎麼可能是那樣啊。別把人家的打扮講得好像伏筆一樣好嗎？」

儘管感到傻眼，由美子仍重新用鏡子看了看自己的模樣。

鏡中是個看來認真且乖巧的女孩，跟平常的辣妹模樣大相逕庭。

話雖如此，但感覺這樣倒也挺可愛的。

因為感覺好像撤回自己的主義一樣，原本不想這麼做。但說不定偶爾做這種打扮也不壞。

「我要不要也變裝一下呢……可是，就算打扮成聲優的樣子也沒有意義……」

嗯——千佳苦惱地發出低鳴。

平常不化妝的她，無法跟由美子用同樣的方式變裝。

不過，千佳應該有千佳的變裝方式。雖然她本人好像沒注意到。

「要不要我來幫妳化妝？化個跟渡邊千佳和夕暮夕陽都不同的妝。我有自信弄一個不會穿幫的變裝喔。」

由美子拉著椅子移動到千佳旁邊。

千佳縮起身體，一臉困惑，露出懷疑的眼神。

「幹嘛？雖然不知道是什麼方法，但妳不會想做什麼奇怪的事情吧。」

「如果妳不滿意，我會借妳卸妝用品喔。我覺得只是嘗試一下也無妨吧。」

「……如果那樣能順利變裝，是很謝天謝地啦。但妳難得如此親切呢，有什麼企圖嗎？」

被千佳盯著臉看，由美子有些嚇到。

雖然有很多複雜的想法，但這單純是自己想這麼做而已。

想試著幫夕暮夕陽漂亮的臉蛋化妝。想讓她變得更可愛。

如果能在她臉上化出自己偏好的妝，會變成什麼樣子呢……

但由美子當然不可能這麼說。

「……明明因為同樣的狀況而感到傷腦筋，要是只有自己得救，也會睡得不安穩吧。妳不願意的話就算了。」

由美子冷淡地說道。

千佳似乎煩惱了一陣子，但最後還是當場重新坐了下來。

「麻煩妳了。」

「是，是。」

好──由美子鼓起幹勁。

她請千佳戴上髮帶，將長長的瀏海都往上推起，能夠清楚地看見千佳的臉。千佳閉上雙眼，看來有些不安的樣子。

由美子從正面注視千佳的臉龐。

「…………」

真可愛呢。

明明沒有髮型搭配加分，但她真的很惹人憐愛，是個美少女，有個美少女在這裡。總之她臉蛋的輪廓非常美麗，水嫩的白皙肌膚實在令人羨慕。

她真的只有臉好看呢……有一張這～麼漂亮的臉，真狡猾呢，真好呢。要是平常也更多打扮一下就好了……

「……佐藤？」

兩人在近距離四目相交。

因為一直盯著看入迷了，讓千佳感到可疑。

由美子慌張地拿起化妝用品。

「啊，啊，抱歉。我馬上就化，嗯。沒事。」

「…………？」

雖然千佳一臉不可思議的表情，但並沒有追究下去。她乖乖地重新閉上眼睛。

好啦，首先使用噴霧化妝水……

「…………………」

「…………………」

由美子一心一意地動著手。

彼此都一言不發的時間持續著。

教室非常安靜。要是沒在聊天，甚至會覺得空氣好像變冷了。

是其他教室還有學生在嗎？有時會傳來小小的笑聲。

由美子跟千佳關係沒有好到平時就會愉快地聊天。

雖然沉默也不會覺得尷尬，但有些事情在這種時候才問得出口。

由美子有一件事情一直很在意。

「……我說渡邊啊。妳最近工作方面怎麼樣？有受到影響嗎？」

由美子跟千佳都失去了偶像聲優這個基礎。

就如同加賀崎擔憂的一樣，這是將至今堆積起來的努力徹底弄垮的行為。

會不會對工作造成影響？

當然不可能沒影響。

問題是影響有多大。

「呵呵。」

千佳輕輕地笑了笑。

那笑容感覺非常像在自嘲——而且宛如有些放棄似的笑法。

啪——總覺得自己內心好像有什麼缺了一塊。

一直覺得很帥氣的夕暮夕陽身影，緩緩地搖晃起來。

「影響多到讓人嚇一跳呢，畢竟工作減少了很多嘛。類似偶像聲優的工作不用說，動畫和遊戲的工作也一樣。很多還沒公開的作品都被對方主動拒絕了。」

「————」

雖然是自己先問出口的，但千佳的回答依舊讓由美子受到不小的衝擊。

由美子早就明白了。

但實際聽到千佳這麼說，果然還是有些沉重。

「陪睡嫌疑、暴力事件，還有身為聲優的形象是假裝出來的事。有這麼多醜聞重疊在一起，這也難怪吧。無論是誰都不想用問題人物，而且要任用現在的我，在很多方面都有風險。我想這也是沒辦法的。」

雖然千佳說得好像沒什麼一樣，但這件事實十分沉重吧。

直到沒多久前，夕暮夕陽仍穩固地逐漸爬上熱門聲優的階級。

然而她不僅從那個階級摔落下來，現在階級前面還擺出禁止通行的告示牌。

因為是問題人物，因為現在任用她風險很高。

這種詛咒要何時才能解除呢？

危險人物的標籤何時才會被撕下呢？

一個月後？三個月後？還是一年後？

「不過暴力事件沒有變得太嚴重，算是還好了。要是對方的父母根本不講理，說不定就真的沒救了。」

千佳說的是她揍飛清水的事情吧。

無論原因為何，千佳毆打了清水是事實。影片中也留下了紀錄。

但是，關於那件事情，千佳並沒有被追究責任。

事情很簡單，因為聽說清水的父母為了清水引發的一連串事件前來道歉了。

他們看來真的非常過意不去，憔悴不已地道歉。

話雖如此，現狀也沒有獲得大幅改善就是了。

「『Phantom』呢……？」

由美子戰戰兢兢地詢問她一直很在意的事情。

「幻影機兵Phantom」。

是千佳一直夢想演出的神代作品的新作，也是讓千佳被懷疑陪睡的作品。

就像由美子嚮往「魔法使泡沫美少女」一樣，千佳也熱切盼望著能演出神代作品。

假如因為這次事件而被換下來……

由美子如此心想，一直遲遲問不出口，所幸千佳的回答充滿了希望。

「那倒是沒問題。應該說要是在這邊換人的話，會掀起一陣風波吧。」

雖然千佳說的話有道理，但在這個業界，就算是不講理的事情也有可能很平常地發生。

無論如何，由美子鬆了口氣。

像是「紫色天空下」這種目前上映中的動畫，不會突然換人。

問題在於那些作品結束之後。

夕暮夕陽的名字會在某個時期之後，一口氣消失無蹤。

她能像以前那樣活躍，會是什麼時候的事情呢……

正當由美子不禁陷入沉思時，千佳先一步開口了。

「……我一直對偶像聲優抱持著疑問。一直想專注於單純配音的工作上。但我深刻體會到偶像聲優的身分帶給自己多大的幫助了。」

千佳如此低喃。

感覺內心被緊揪了一把。

千佳的確不覺得當偶像聲優很好。

也曾經有不想再當偶像聲優的念頭。

明明變成了自己期望的情況，但那個身分不見之後才察覺到這件事。

才知道那身分帶給自己多大的恩惠。

但千佳已經無法再回去當偶像聲優了。

『多虧有妳幫忙把夕暮的事情全部暴露出來，偶像聲優夕暮夕陽確實死亡了。是妳幫忙把夕暮推落到地底。要從那裡爬上來不是什麼簡單的事情吧，所以我很感謝妳喔，歌種夜澄。謝謝妳幫忙給愚蠢的後輩應得的懲罰。』

芽玖瑠的聲音在腦內迴盪。

千佳說不定真的跌落到地底了。

沒有工作，羨慕別人，感到苦惱，糾結——跌到跟由美子同樣的地位。

豈止如此，說不定還跌落到更深的地方。

「…………！」

由美子大吃一驚。

她的手不禁停了下來。她忍不住想說「騙人的吧」。

一直瀟灑地走在前面的夕暮夕陽，曾經是自己目標的夕暮夕陽。

明明自己甚至對她的身影抱持著憧憬。

但對於她跌落到自己這種地位的事實——卻感覺鬆了一口氣。

不，這應該是——覺得開心，之類的。

難道不是那樣的心情嗎？

「佐藤？」

聽到千佳這麼呼喚，由美子猛然回神。

「啊……抱歉。」

沒什麼——由美子如是說，又開始化起妝。

怦咚怦咚的心跳聲強烈地迴盪著。腦袋茫然地麻痺起來。

不可能是那樣。不可能是那樣。真希望這種感情是假的。

由美子一邊如此心想，一邊勉強掩蓋住這種心情。

「佐藤妳怎麼樣呢？工作感覺沒問題嗎？」

「我？我嘛……嗯。畢竟原本就沒那麼多工作……」

實際上，由美子並沒有實際感受到多大的影響。原本的工作量就不一樣了，也沒有那種會遭到拒絕的工作。

就算會有切身感受，也是接下來的事吧。

原本就已經沒工作了，今後要獲得工作會更加困難。雖然這個事實讓由美子感到心寒，但這是自己選的路，不能後悔。

「好……妝化好嘍。」

在這麼閒聊的時候，妝已經化好了。

由美子將化妝用品收到化妝包裡。

「結束了嗎？那我想照照鏡子。」

「啊，先等等，先等等，還沒有全部結束啦。好，渡邊，站起來一下，站起來。」

「別把人講得好像小孩子一樣，真教人火大呢。要不要我真的鬧脾氣給妳看呀？」

儘管嘴上這麼說，千佳依舊老實地站了起來。

由美子從她後面將身體緊貼在一起。

像是從後面抱緊她一般，將手伸到她的腰上。

就那樣將裙子折起來。

「……慢點，佐藤？這是怎樣？妳知道性騷擾在同性之間也會成立嗎？應該說妳正在做的行為完全就是個色狼喔。我是不是該大聲呼救？」

「別講得如此難聽。別管這麼多，乖乖別動就對了。」

「唉。」

儘管發出有些傻眼的聲音，千佳仍彷彿在說「隨妳高興吧」一樣，放鬆了力量。

話雖如此，這種姿勢依舊讓人有些心跳加速。

千佳比自己嬌小一點，從後面用手臂環住的話，她的身體會整個納入自己懷中。尺寸感覺剛剛好，讓人想就這樣抱緊她。雖然沒什麼肉，但纖細的肩膀和柔軟的身體，給人一種「真的是女孩子呢」的感覺。

最重要的是，現在這種姿勢……是自己從後方緊抱住那個夕姬。

非常不可思議的情境。

但令人驚訝的是，千佳不知何故，主動將身體貼近這邊。

像是要靠著由美子一樣，將背緊緊地推過來。

「咦，怎麼了？」

「沒什麼。因為在背後感覺到妳的胸部，想說機會難得，就趁機享受一下。感覺好柔軟，真棒呢。」

「姊姊妳真的很喜歡我的胸部呢……性騷擾在同性之間也會成立喔，妳知道嗎？」

由美子一邊這麼說，一邊將千佳的上衣解開大約兩個鈕扣。

然後把綁得緊緊的領帶拉鬆，讓脖子那邊看來沒那麼拘謹。

「事到如今，我就不多說什麼了……但妳還真是肆無忌憚呢。」

儘管嘆著氣，卻沒有拒絕。

經歷要是被人看見感覺會遭到誤會的過程後，這邊也準備完畢了。

由美子這次從書包裡拿出某個東西。

「假髮！我想說或許用得上，所以還是帶來了，感覺渡邊戴起來比較適合呢。」

「假……假髮？」

在千佳感到困惑時，由美子很快地將假髮放到她頭上，調整角度。

「這樣就行了。」

總算完成了。

由美子從千佳身邊退開一兩步，看向她的全身。她不禁激動地發出「唔呼」的呼吸聲。

沒看到自己模樣的千佳，一臉不安地瞪著這邊。

由美子拿出自己的手機，啪嚓一聲地拍下千佳的全身。

「喔～真可愛，真可愛。」

「………………」

由美子看著手機時，千佳也踩著碎步靠近過來。

她將臉貼近，確認自己映照在手機上的身影。

「嗚呃……」

從千佳嘴中發出彷彿被壓扁的聲音。

「咦～很可愛吧。」

「………………」

千佳將手指貼在額頭上，左右搖了搖頭。

明明很可愛——由美子如此心想，重新看向千佳的全身。

長達肩部的金髮。襯托出端正容貌的明亮妝容。

還花俏地配上假睫毛、眼影、腮紅，和有顏色的護唇膏。

上衣的鈕扣被解開，鬆垮的領帶是重點。鎖骨從那中間露出。從折短到勉強不會走光的裙子底下露出來的黑色絲襪十分性感。

辣妹，是辣妹啊。一個嬌小的辣妹就在那裡。

感覺很不錯。真可愛。

不愧是我——就在由美子自賣自誇時，千佳露出苦瓜臉，拉開距離。

「糟透了，糟糕透頂。這樣簡直就是像佐藤一樣的野蠻人嘛，沒問題嗎？現在的我智商有沒有逐漸在降低？沒喪失知性吧？」

「妳很煩耶。只是化了妝而已，不可能有那種變化吧。」

「啊，啊，啊……假睫毛……好可愛……我要戴……我要戴……這是在模仿佐藤喔。」

「這傢伙……」

這惡作劇實在太過分了點，由美子戳了戳千佳的肩膀。於是千佳稍微噴笑出來。

千佳感到滑稽似的笑著。但過了一陣子後，她俯視自己的模樣。

「……可是這裝扮有用嗎？能成功換了個人？會不會看起來只像是我發瘋了而已？」

正當由美子準備回應她似乎有些不安的聲音時。

教室的門喀拉一聲地打開了。

「哎呀呀，筆記本筆記本……嗯？咦，妳們是誰？」

同班的女生看到由美子她們，發出驚訝的聲音。

由美子聳了聳肩，千佳則是唔一聲地歪了歪嘴。

離開校舍後，兩人並肩前往校門口。

明明剛剛才被老師驅散，依舊有好幾個等她們出現的男人在那裡待機。

「唔……」

不免有一點緊張。假如變裝穿幫的話，就得與他們正面對峙。

目前仍想避免那種狀況。

「抬頭挺胸啦。沒問題的。」

千佳將肩膀貼近，在耳邊悄悄地如此低喃。

「我知道。」由美子如此回應後，輕輕調整了眼鏡的位置。

從校門走出去後，在外面等她們出現的男人們視線便盯向這邊。
因為沒有其他回家的學生，無論如何都會受到注目。
畢竟兩人並肩走著，應該交談一下比較自然吧。
儘管如此心想，但完全想不到話題。倒不如說或許兩人根本不應該一起走的。這樣反倒會給他們多餘的暗示吧？
但為時已晚。事到如今才保持距離也很不自然。
只能祈禱不會穿幫了。
「——嗯。剛才走過去的女生們啊。」
兩人屏住呼吸通過後，其中一個男人發出這樣的聲音。
不妙。穿幫了嗎？
萬一穿幫的話，就這樣跑掉吧。要是他們追上來，就逃到人比較多的地方吧。
兩人緊張地觀察他們的動向。
「那個像辣妹的女孩，還挺可愛的吧？完全是我喜歡的類型耶。」
「咦，真假？啊～我比較喜歡旁邊那個感覺很認真的女孩吧。看來很文靜又可愛。」
——結果聽見這樣的對話。
兩人默默地當成耳邊風，就那樣繼續走了一陣子。
但千佳彷彿忍耐不住似的噴笑出來。由美子也不禁跟著笑了。

兩人沒有交談，就那樣張口笑了一陣子。

「……嗯？奇怪。」

在笑聲總算平息下來時，由美子注意到口袋裡的手機在震動。

她拿出手機。只見加賀崎傳來了訊息。

千佳似乎也在同個時間點收到訊息，她同樣地注視著手機。

『今天廣播的錄音結束後，跟夕暮一起到之前去的那間咖啡廳。』

「……加賀崎小姐？」

「……成瀨小姐？」

無法理解的訊息讓由美子皺起眉頭。

看來千佳似乎也從經紀人那邊收到類似的訊息。

兩人面面相覷，感到疑惑。

廣播的錄音結束後，由美子與千佳一起進入經紀人指定的咖啡廳。

這是一間氣氛很棒的咖啡廳，以前加賀崎曾在這裡提到關於「紫色天空下」的話題。

告知店員是跟人約好在這裡碰面後，兩人環顧安靜的店裡。

「佐藤。」

千佳拉了拉由美子的袖子，於是由美子看向那邊。

只見她們要找的人坐在角落的餐桌座位。

「——哦。成瀨小姐其實挺會喝酒的嗎？」

「啊，啊～……算是呢，我還滿……喜歡喝的……雖然喝的都是沙瓦之類比較容易入口的東西……加……加賀崎小姐感覺很適合成熟大人味的酒呢？」

「呵呵，酒類本身就是大人的飲料吧。雖然我什麼都喝，但也喜歡喝沙瓦喔。方便的話，下次一起去喝兩杯吧？有一間不錯的店——」

「啊～加賀崎小姐在勾引其他經紀公司的女人！」

聽到有人從後面搭話，加賀崎轉過頭去。

然後她的表情轉變成目瞪口呆的模樣。加賀崎難得會做出這種反應。

她眨了幾次眼後，低喃一聲：「我大吃一驚啊。」

「……是由美子啊。那是變裝？簡直換了個人呢。不錯嘛。以變裝來說十分有效，最重要的是很可愛喔。很適合妳。」

「哇——！小夕陽！妳那打扮是怎麼啦！真可愛呢！」

由美子的認真好學生打扮和千佳的辣妹打扮，雙方經紀人都各自給出不錯的反應。

由美子害羞地搔了搔頭，喜形於色。但千佳則是一臉厭世的表情。

「應該也能接這類型的工作吧？」雙方經紀人露出這種像在評價般的視線。兩人承受這

種視線一陣子後，總算被催促坐下了。

由美子坐在加賀崎旁邊。

千佳則坐在成瀨旁邊。

在她們就坐，點的飲料送上來的時候——由美子緩緩地開口問道。

「……那麼，這是什麼聚會呀？」

雖然被加賀崎召喚就乖乖地來了，但還沒聽說她找自己有什麼事情。

包括其他經紀公司在內的兩個經紀人，與兩個她們負責的聲優。

也不是什麼會特地聚集起來喝茶聊天的成員。

成瀨頻頻窺探著加賀崎，彷彿想問是否該由自己主動說明比較好，但加賀崎先開口了。

「作戰會議。雖然我們原本是競爭對手，但現在不是說那種話的時候了。我判斷互助合作才是上策，所以像這樣安排了一起討論的聚會。」

加賀崎用手指咚咚地敲了敲桌子。

作戰會議。合作。

「……什麼的作戰會議？」

這些感覺很不搭調的詞彙讓由美子露出疑惑的表情。

自己們有背負需要開作戰會議的案件嗎？

這個問題讓加賀崎露出苦澀的表情，成瀨感到為難似的笑了笑，千佳小聲低喃了一句

「笨蛋」。

「……歌種夜澄與夕暮夕陽。這場作戰會議就是為了前幾天在被懷疑陪睡的風波中暴露出本性，目前處境非常艱辛的這兩人而開的。」

「……啊。」

加賀崎傻眼的聲音讓由美子不禁蜷縮起身體。

對喔。是那樣沒錯。

反倒應該說這四人聚集在一起，不可能提到那之外的話題吧。

咳咳——成瀨輕咳了兩聲清喉嚨。她將身體稍微向前傾。

「我們家的夕暮損失慘重。已經敲好的工作被對方拒絕，也很難找到新的工作。這次的形象下滑不太能指望藉由時間來恢復，情況非常不妙，必須找些對策來克服這種困境。」

才心想成瀨調整了眼鏡的位置，只見她仔細地述說著現況。

「我原本就不打算樂觀看待，但傷害很深，癒合速度卻很緩慢。照這樣下去，夕暮夕陽真的會死亡。就在我這麼想時，承蒙加賀崎小姐向我提議了。」

加賀崎點了點頭。

「以狀況來說，我們家的歌種也是一樣。要是不徹底換個形象，已經沒得救了呢。既然都要設法提升形象，兩人一起來效率會比較好，能嘗試的範圍也會變廣。因此我們正在討論，能不能讓歌種夜澄與夕暮夕陽兩人一起合作。」

成瀨連連點頭表示同意。

由美子認為兩人說的話很正確。

欺騙粉絲一事曝光之後，身為偶像聲優的形象徹底破滅了。想必有粉絲無法原諒吧。也有工作人員不願意跟這種聲優一起工作吧。

正因如此，才需要能夠推翻現狀的某些東西。

雖然非常明白她們為了獲得那東西，想要雙方一起合作的想法……

「…………」

由美子與千佳面面相覷。

合作？我們兩人嗎？

「……要跟這種連自己的狀況都搞不清楚，外表輕浮又沒什麼大腦的女人合作？這還真是強人所難呢。最後只會搞到同歸於盡吧？」

「啥？讓那個沒什麼大腦的女人幫妳化妝，還做出同樣的打扮，虧妳講得出這種話呢。早知道就不要幫妳變裝了，那樣妳就無法離開學校了呢。乾脆住在學校裡怎樣？妳瀏海那麼長，大家一定都會把妳當成幽靈喔。」

「如果我是幽靈，妳就是妖怪了呢。學生剝鬼那樣，四處造訪人家如何？一邊喊著有沒有壞孩子啊——壞孩子會有這種下場喔——」

「這傢伙……說到底，我是被捲進妳的負面爭議耶。拖累別人在先，妳那是什麼態度

啊。」

「我又沒有拜託妳陪我一起被罵？是妳自己主動靠近，擅自跳進來的吧。如此一想，妳比動物還不如呢。火是很危險的喔。能夠學到一個教訓，真是太好了呢。」

「喔～喔～還真會叫呢。之前明明哭喪著一張臉。妳記得自己對我說了什麼嗎？妳說『我不當聲優了～討厭～』喔，超級有趣的。」

「——又來了！我真的很討厭妳這種地方……！我話說在前頭——」

「小……小夕陽！不……不可以吵架喔，別說了啦。」

「喂，由美子。不行喔。」

兩人吵得正激烈時，被兩名經紀人制止了。

一旦被經紀人警告，彼此都無法表現出強硬的態度。

原本快站起來的她們緩緩地坐回椅子上。

「要進行這個作戰，妳們兩人的合作是不可或缺的。需要『夕陽與夜澄的高中生廣播！』兩名主持人的力量喔。」

加賀崎摻雜著嘆息如此說道。那迂迴的說法稍微勾起了由美子的興趣。

因為會讓人聯想到負面爭議，明明感覺兩人應該不要一起出現反倒比較好吧。

是知道由美子有意仔細聆聽了嗎？加賀崎緩緩地開口說道：

「被懷疑陪睡那件事不用說，對妳們兩人而言是非常危險的狀況。也增加了不少敵人

吧。但是，即使在這種情況中，仍舊出現了僅此一個的強大同伴。」

加賀崎豎起食指。

但由美子和千佳都想不到那個同伴是指什麼。兩人露出苦澀的表情。

那模樣讓加賀崎輕輕笑了出來。

「妳們不明白嗎？就是廣播喔。」

「……廣播是同伴？」

「沒錯。妳們的廣播節目明明已經決定要腰斬，後來卻決定繼續播出對吧。要說為什麼，就是因為從那次出差版後，收聽率爆發性地成長了。」

「……嗯。」

的確，事實上廣播仍持續播出。

跟以前相比，收聽率也增加了不少。

「不僅在出差版受到注目，兩人直言不諱的對話也大受好評，現在同樣實際地在提升支持度。作為一個新風格，其實挺受歡迎的呢。」

「嗯……」

這次換千佳提不起勁地回應。

受到一部分粉絲層歡迎是事實，但從由美子她們的角度來看，根本不曉得為什麼會被接受。因為只是用平常的態度懶散地在交談罷了。

「無論如何，既然被粉絲接受，就應該把握這個機會。這會成為一個契機。以高中生廣播為起頭，讓兩人的形象煥然一新。歌種夜澄今後的形象就是『不拘小節的辣妹』——」

「夕暮夕陽則是以『行事低調』的形象來推銷自己。請大眾忘了過去的妳們，重新認識妳們現在的模樣。只要能辦到這點，能消除負面印象的話，應該又會有工作找上門才對。」

成瀨握緊拳頭如此強調。加賀崎也點頭同意。

「請等一下。這是要我們打造新的形象嗎？那樣不會有讓問題重演的危險嗎？」

千佳提出忠告。由美子也點頭同意她這番話。

現在演變成問題的是，之前一直在扮演打造出來的形象，結果私底下的一面曝光了。

明明如此，卻要做出同樣的行為，這樣並不妥吧。

千佳的疑問讓成瀨用力地搖了搖頭

「可是，歌種同學是辣妹這點，還有小夕陽的外表比較文靜這點，都是事實對吧？應該說要強調這些特色嗎？總之要把這個當成賣點。沒有到打造形象那麼誇張啦。」

「也有很多聲優是強調原本的性格在當賣點的吧？妳們的個性受到粉絲歡迎，那是一項武器。我們在討論的就是推銷那武器。」

……是那樣子嗎？

的確也有聲優把本人「喜歡○○」之類的屬性當成特色來大力宣傳。

只不過，換成自己們要那麼做的話，總覺得不太對勁。

是這種想法傳遞出去了嗎？成瀨露出感到為難的笑容。

「可是，這樣的話，妳們想想。小夕陽也可以聊喜歡的話題喔？像是鐵……『鐵之黃金船』？之類的。比方說機器人動起來時的聲響很棒這些話題，雖然我不是很懂，但明白的人應該就會明白吧……」

「……不是黃金船，是黃金．拉。『鐵之黃金．拉』……我的確會提到聲響很棒這件事，但那終歸只是作品的魅力之一並不是作品的全部假如能聊這個話題首先我想談論關於機械設計的細緻度呃不過一說起這個我就停不下來所以我想我應該會自重最重要的是如果收到奇怪的吐槽感覺會很不爽所以我會克制不聊這個話題但說到底我並不是想找人互相討論喔對了成瀨小姐還有嚴格來說黃金．拉裡並沒有機器人登場那是從古代遺跡挖掘出來的——」

「我知道了，我知道了啦！就採用這種方針吧！」

因為千佳開始彷彿機關槍一般大談機械，由美子連忙阻止她，迅速地將話題拉了回來。

在那個廣播中表現出來的形象，會成為復活的契機。

由美子不禁感到懷疑。但既然她們那麼說，就是那麼一回事吧。

不相信經紀人的話，根本沒辦法工作。

「可是，具體而言，我們該做些什麼才好呢？總之就是在廣播裡表現出自己的個性之類的？」

對於由美子這個問題，加賀崎與成瀨同時拿出了某個東西。

兩本行事曆攤開在桌子上。是這個月與下個月的頁面。

由美子驚訝得瞠大眼。

明明在沒多久前還是一堆空白的行程，現在卻排滿許多節目名稱。

不過，那些行程並非動畫或遊戲的錄音。

「咦，這是廣播……？這也是廣播。這也是廣播……？咦，加賀崎小姐。這些工作都是廣播節目的來賓耶。」

從由美子也知道的節目，到完全不曉得的節目都有。

上面真的並排著各式各樣的聲優廣播的節目名稱。

千佳那邊也是同樣的狀況嗎？只見她對照著自己與由美子的行程。

「嗯。我利用自己跟成瀨小姐的人脈，接了各種廣播的工作回來。希望妳們可以兩人一起上這些節目，盡量強調出自己原本的個性。」

「總之就是增加曝光機會，讓聽眾『認識』妳們兩人新的個性。這是最大的目的。」

原來如此——由美子如此心想。

無論是歌種夜澄或夕暮夕陽，都還殘留著以前的形象。因為現狀與過去相差甚遠，「兩人一直在說謊」的印象變得更加強烈。

不過，如果新形象能固定下來的話，能夠讓聽眾認識到過去已經成了過去的話。

就可以刷新給人的印象，脫離目前這種危險的狀況。

「曝光……」

成瀨這番話讓千佳小聲地低喃了。

千佳厭惡曝光。千佳想專注於聲音的工作，從她的角度來看，或許會對要再度把自己當成一個角色來推銷感到抗拒也說不定。

不過，她搖了搖頭。

她察覺到現在不是拘泥於那些事的時候吧。

加賀崎輕輕翻動行事曆。

「之後還有活動。這方面也想以量取勝。因為還沒確保場地，所以還不確定，但從對談到迷你演唱會都有，總之就是盡量出現在觀眾面前——」

「等……等一下啦，加賀崎小姐。在大眾面前出現很不妙吧。」

感覺話題好像會朝意料之外的方向進展，由美子連忙阻止。

廣播倒是沒關係。由美子也贊成「讓聽眾認識新形象」這種想法。

不過，舉行活動是否妥當呢？

「無論是我或渡邊，現在都讓粉絲反感，覺得『被騙了』吧。要是在這種狀態下出現在眾人面前，那樣肯定會被罵翻吧。絕對會讓場面變混亂的。」

「……就算沒有變成那樣，依舊很難想像現在的我們有集客力。就算舉辦了活動，也不會有人來參加吧。」

兩人都開口反駁。

她們不覺得現在的自己具備讓活動成功的力量。

「這時就輪到我出場了。」

第三者聲音的介入，讓由美子驚訝地看向那邊。

因為太熱中於討論，完全沒發現有人靠近了。

聲音的主人是個表情溫和的大姊姊。

可愛中帶著成熟的容貌，與長達腰部的亮麗秀髮。

藏青色針織衫搭配焦糖色魚尾裙，還有灰色報童帽非常適合她。是個散發出親切和善的氛圍，非常漂亮的女性。

「乙女姊姊！」

由美子的聲音自然地變開朗起來。

櫻並木乙女。隸屬於多里尼堤（Trinity），目前大受歡迎的熱門聲優就站在那裡。

「喔喔，櫻並木。不好意思啊，妳明明很忙還找妳出來。」

「不會不會，畢竟是為了可愛的後輩嘛。對不起喔，小夜澄。稍微擠一下好嗎？」

她在由美子身旁坐下，將身體擠向這邊。

彷彿花朵般的香氣輕飄飄地飛舞著。

她用閃亮亮的眼神猛然將臉湊近這邊。

「妳們兩人完全變了個模樣呢！很可愛喔！小夕陽的打扮很出人意料，非常可愛，小夜澄也像是千金小姐學校的學生呢。真棒呢。」

「咦，是嗎？有到那種程度？欸～感覺好害羞喔。」

「……那個。為什麼櫻並木小姐會在這裡？」

坐在對面的千佳戰戰兢兢地詢問。由美子也附和她的疑問，趁機跟著問道：

「雖然能見到面很開心，但這是怎麼回事呀？姊姊。妳說妳是被找來的？」

「嗯，對呀。因為我希望能稍微幫上妳們兩人的忙。」

乙女一臉笑咪咪的。

幫忙接棒說明的是成瀨。

「妳們對活動感到不安是合情合理的。小夕陽擔心可能沒人來，歌種同學擔心活動會陷入混亂。只要櫻並木小姐能來參加活動，這些擔憂都可以解決。櫻並木小姐有超強人氣，吸引人潮這點自不用說，也能抑制粉絲暴動。」

「也就是說在真正的巨星面前，雞毛蒜皮的不滿都會煙消霧散。無論是誰都不想被喜歡的人討厭吧。明明櫻並木在看著，很難想像會有人特地跳出來抱怨妳們。」

……是那樣子的嗎？

由美子看向乙女。只見她一臉害羞——

「妳們太抬舉我了啦。」

有些為難似的笑了。

的確，光是有她待在旁邊，氣氛便截然不同。雖然感覺目前有一股「可以對有負面爭議的傢伙口無遮攔」的風潮，但在乙女面前，那種話說不定也會被收回去。

「只要櫻並木小姐面帶笑容地揮揮手。就能讓氣氛一下子活潑起來，看的人也會興致高昂呢……比較擔心的是觀眾只顧著看櫻並木小姐，沒有對小夕陽妳們留下印象。」

「不過，那樣仍能變成舉辦活動這個行為本身就是『我們絲毫沒放在心上喔』的宣傳。事情就是這樣，所以雖然之前沒有這個計畫，但我們也會積極地舉辦愛心塔的活動。剛好第二張單曲也快發售了嘛。我看看……」

加賀崎看著行事曆，扳手指算了算。

「在發售前會舉辦對談會、發售紀念活動，還有見面會吧。也會安排幾個特別節目。其實雖然有幾個廣播拒絕了我們，但也有節目表示如果是以愛心塔的身分，就可以去上節目。總之，要請妳們到各種地方露面。」

……總覺得情況變得一發不可收拾。

完全是在利用櫻並木乙女的人氣。不，這件事本身不是問題。可能的話，恐怕打從一開始就想藉機好好利用她的人氣了吧。

之所以沒有那麼做，恐怕是因為──

「……乙女姊姊，妳的行程沒問題嗎？」

乙女是個忙碌不已的熱門聲優，要請她撥出這麼多時間有些不切實際。感覺應該是因為情況緊急，經紀人們才想辦法去喬時間的。

然後，這些負擔全部會落在乙女身上。

「沒問題！雖然也有比較吃緊的部分，但這是為了小夜澄和小夕陽嘛。」

乙女充滿幹勁地舉起雙手。

那令人感到溫馨的手勢與她的心意，真的讓人很開心。

但依舊會擔心她的身體是否吃得消。

不過，經紀人們和乙女本身都很清楚這點吧。

儘管如此，她們還是想幫忙拉背靠懸崖的由美子她們一把。

「……好。」

由美子小聲地鼓起幹勁。

乙女她們都幫忙做到這種地步了，自己也必須想辦法爬上去才行。

「關於廣播的演出，我會努力在這方面減輕櫻並木小姐的負擔。因此主要會是歌種同學和小夕陽出場呢。因為會上各種節目，為了避免混亂，請妳們好好地事先預習並記住節目與主持人的情報。」

成瀨一邊這麼說，一邊將資料排放在桌上。

「最近一個要上的節目是這個呢。」三人看向她指的資料，各自露出不同的反應。

「呃……唔哇～真的假的……」

「……啊。原來如此。哎，嗯。」

「啊，是小玖瑠的節目！前陣子我也去打擾了喔～」

為了讓歌種夜澄與夕暮夕陽的形象煥然一新的這個活動。

最初的一步——以來賓身分參加的廣播是「柚日咲芽玖瑠的轉啊轉旋轉木馬」。

Yubisaki Mekuru's KURUKURU Merry-go-round

「各位觀眾～轉啊轉——好的好的，那麼來介紹今天的來賓，兩位請！」

「各位觀眾，轉啊轉～大家好～我是歌種夜澄！」

「各位觀眾，轉啊轉——我是夕暮夕陽。」

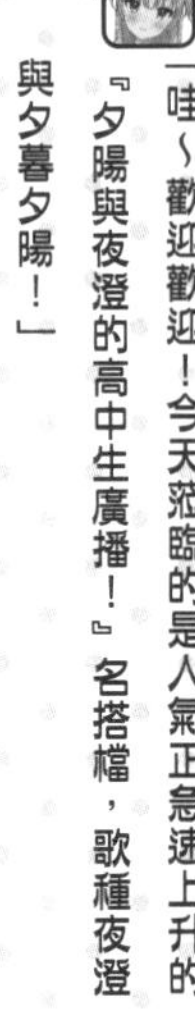

「哇～歡迎歡迎！今天蒞臨的是人氣正急速上升的『夕陽與夜澄的高中生廣播！』名搭檔，歌種夜澄與夕暮夕陽！」

「那種介紹方式的門檻太高了，實在很傷腦筋耶……（笑）」

「因為是經紀公司的前輩，我認為柚日咲小姐應該會高明地給我們表現的機會。還請手下留情了。」

「喔喔，怎麼啦怎麼啦～妳們也很會拉高我主持的門檻嘛～（笑）」

……………………………………

「我跟小夕陽是同一間經紀公司的聲優，當然講過好幾次話，而且也一起演出過喔～但跟小夜澄幾乎是第一次碰面呢？」

「啊～說得也是呢。頂多就是之前碰巧講了一下子話吧。」

「那次真的很巧呢（笑）。但擦肩而過的情況其實也不少次呢～像是小夜澄客串演出的『喵喵社！』或『電電電店』，我也有演出喔～小夜澄跟小夕陽第一次共同演出的作品，應該是『紫色天空下』對吧？」

「……是那樣沒錯呢。我們在作品裡飾演姊妹的角色。」

柚日咲芽玖瑠的轉啊轉旋轉木馬

「對吧。次女是小夕陽，三女是小夜澄。考慮到妳們以前飾演的角色，真要說的話——」

「啊，對喔。小夜澄跟小乙女之間的感情也很好呢。之前小乙女也有來上節目喔。還盡情地宣傳了（笑）。」

「啊～她之前曾經來過呢。那一回我也有收看（笑）。」

「咦，妳有收看嗎？……啊，抱歉，剛才是普通地嗨起來了（笑）。不過，妳現在跟小夕陽感情也很好呢。妳們之前在廣播上提到還去了對方家過夜吧？」

「……柚日咲小姐會提起這個話題讓我非常驚訝。不過關於那個話題，那個，我不太想多說。」

「咦，我覺得是妳們感情很好且溫馨的小插曲耶……妳們不會再去對方家過夜了嗎？」

「不會。」

「不想。」

「我倒是覺得妳們挺有默契的呢？」

「啊～……怎麼辦？」

該來的還是來了。

今天是「柚日咲芽玖瑠的轉啊轉旋轉木馬」的錄音日。

要跟以前對自己說了那麼多難聽話的柚日咲芽玖瑠面對面錄製廣播。

當然不可能提得起勁。

而且伴隨著這件事，由美子還背負著另外一個問題。

明明如此，但在那問題解決前，已經到放學後了。明明應該有時間處理的。

「怎麼啦？由美子。今天要工作？但妳的表情很黯淡耶。」

「啊，若菜……就是說啊～」

聽到前面座位的若菜這麼說，由美子趴到了桌子上。

若菜一邊撫摸那樣的由美子的頭，同時再次詢問「怎麼啦？」

「我說若菜啊……如果妳想跟某人一起去某個地方時，妳會對那個人說什麼？」

「咦？……『要不要一起去？』」

「我想也是～」

沒錯。那就是答案。

明明很清楚，卻無法選擇那個答案。

由美子忍不住瞥了那個人一眼。

於是，注意到她視線的若菜，「嗯呵」地笑了一聲，站了起來。

「看來我似乎是個礙事者啊……呵呵呵，那我先失陪嘍。」

「啊～抱歉，若菜。明天再見喔。」

由美子目送善解人意的朋友離開後，自己也開始整理東西，準備回去。

她從剛才就一直在窺探狀況的對象是千佳。

千佳沒有跟任何人交談，只是默默地整理東西準備回去。雖然外表是開朗的辣妹，但內在絲毫沒有改變。

自從變裝成功之後，由美子和千佳都是用那時的模樣來上學。

現在千佳是自己化妝，但還挺有模有樣的。

只不過她本人一副厭惡的樣子，也對周圍散發出「別碰我」的氣場。雖然會受到注目，但沒有任何人向千佳搭話。

千佳從座位上起身，離開教室到走廊上。

「好……」

咳哼——由美子咳了兩聲清喉嚨後，追趕上千佳。

「渡……渡邊～妳現在要回去～？」

由美子擠出笑容，並肩到千佳身旁。

倘若對方是一般人，這樣就能自然地一起回去了吧。

但對方是那個渡邊千佳。

「……除了回去也沒別的事情了吧。妳在傻笑個什麼勁呀。想要我借錢給妳嗎？」就是這樣。

如此不可愛的反應就是她的本性。

正當由美子因為千佳的說法而感到無言時，千佳像在賣弄似的嘆了口氣。

她從書包裡拿出錢包，看向錢包裡面。

「要借多少？」

「不……不是，誤會誤會。我不是要借錢。呃，那個……今天不是要錄柚日咲小姐的節目嗎？」

「嗯，是呀。我打算就這樣直接前往。那又怎麼了？」

千佳一邊說，一邊停下腳步。

她應該是覺得自己有什麼話要跟她說吧。但那並不是由美子期望的發展。

在由美子的理想中，原本是希望能夠就這樣自然地一起前往錄音室。

應該說一般會這樣發展才對吧！

話雖如此，但兩人至今為止很少一起前往錄音室。說不定是因為這個緣故。

由美子的心情很單純。

覺得要跟柚日咲芽玖瑠碰面很尷尬。

錄音會有很多工作人員在場，因此她應該不會像之前那樣表現出攻擊性的態度。但是，她也有可能對自己說些什麼，由美子說不定也會激動起來。

其實覺得不爽。雖然覺得不爽。

但那種時候，如果千佳在身旁的話，感覺在某種程度上能夠放心。

所以才希望她能待在自己身旁。

「……怎樣。妳到底是怎麼了呀？」

對於沒有接著說下去，一直扭扭捏捏的由美子，千佳露出疑惑的表情。

這樣簡直就像喜歡的男生站在自己面前的少女一樣。

不過，這句話實在非常，非～常難以啟齒。

「要獨自前往感覺很不安，請妳陪我一起去」這種話。

「那個～……我說啊，渡邊。呃……」

由美子這時靈光乍現。

「啊！我……我想問妳關於柚日咲小姐的事情，可以告訴我嗎？沒什麼時間了，不如邊走邊說吧！」

「話雖如此，但我對柚日咲小姐也不是很熟喔。畢竟沒什麼接觸。」

「咦，是這樣嗎？明明是同一間經紀公司？……啊，對喔，渡邊就是那種個性呢。無論在學校或經紀公司都是獨自一人嗎？妳也未免太孤僻了吧。太可憐了。」

「又來了。我真的很討厭妳這種地方。向別人提問在先，還把別人講得這麼難聽。所以我才討厭群聚的傢伙。明明一個人就什麼都辦不到，卻一副自以為是的樣子。妳們就連排泄行為也想大家一起進行呢。」

「一般會用那種說法來形容一起上廁所這件事嗎？妳的自卑情結忽隱忽現喔？妳是不是故意講得這麼難聽來保持自尊心？想用各種辦法來保護自己是沒關係啦，但這樣只會顯得妳更加可憐喔。」

「是呀。很可憐呢。打扮成辣妹之後我才明白，感覺真的像是腦袋變得不對勁了呢。現在的我確實很可憐也說不定。」

「喔，是喔？謝謝妳能夠產生共鳴。因為我絕對不會打扮成像妳那種陰沉的模樣，所以一輩子都無法對妳產生共鳴就是了。」

在搖搖晃晃的電車上，兩人進行充滿火藥味的對話。

雖然差點就這樣愈吵愈凶，但由美子努力地踩了煞車。

現在可不是吵架的時候。

「啊～那柚日咲小姐沒有對妳說過些什麼嗎？喏，像是關於之前的負面爭議。怎樣？」

由美子如此試探。

因為她心想千佳搞不好也跟自己一樣被刻薄地抱怨。

「應該說我們根本沒見面。畢竟工作沒有重疊，在經紀公司也不會碰面。」

但答案撲了個空。

看來情報說不定不會增加……正當由美子如此心想時，千佳接著說了：「只不過，嗯……」

「至少可以確定她本來就不喜歡我吧。雖然沒有露骨地表現在態度上，但我想她應該看我不順眼吧。雖然我覺得那樣也是無可奈何的。」

「啊，那倒是，嗯……」

由美子也有經驗，她露出微妙的表情。

夕暮夕陽雖然才當聲優第二年，但她從第一年開始就接了不少工作，在年輕一輩中出類拔萃，特別出名。正開始踏上熱門聲優的道路。

看到經紀公司的後輩這麼活躍，能夠坦率地替後輩感到高興的年輕人並不多。

只有心胸開闊或不缺工作的人才辦得到。

由美子因為「塑膠女孩」而變忙的那陣子，也曾經被沒沒無聞的前輩在背地裡說「因為她是加賀崎小姐帶的。只是運氣好罷了」。

雖然那個前輩也早就不在這個業界了。

「結果還是不知道關於柚日咲小姐的事情嗎……」

由美子搔了搔頭。

雖說是藉口，但她原本期待假如能稍微了解芽玖瑠這個人，說不定可以成為對策。

儘管嘴上這麼說，但直到剛才為止的不安已經消失無蹤。

身旁有千佳在的話，嗯，總會有辦法的吧。

由美子一邊如此心想，一邊看向千佳。不知她是怎麼誤會了那視線，只見她聳了聳肩。

「我跟妳都沒有機靈到能夠因應對象改變聊天方式吧。而且這次還有課題。」

「課題……喔，妳是說新形象？」

千佳輕輕點頭。

加賀崎她們發出「盡量強調妳們原本的自己」這種指示。

對了，還有這件事。

不能只顧著注意芽玖瑠，也必須意識到那個指示才行。

「畢竟是加賀崎小姐她們特地替我們想出的辦法嘛。得好好去做才行。」

「嗯。也不想再讓她們擔心了。感覺必須加油才行。」

兩人這麼說完後，陷入沉默。

她們在腦海中拚命思考著強調自己本性的方法。

該用什麼方式來說話呢？該怎麼回應問題呢？要意識到平常的自己——兩人的發言十分積極，在想的事情也是一樣。照理說是這樣。

明明如此，但兩人映照在電車窗戶上的表情，卻散發著有些黯淡的色彩。

「柚日咲芽玖瑠的轉啊轉旋轉木馬」會附帶影片發布。

這樣實在不能穿著制服上節目，也必須卸下變裝的裝扮才行。

兩人各自準備好之後，在錄音室前會合。

「咦，渡邊。妳要用那種裝扮上節目嗎？」

會合之後，由美子大吃一驚。她還以為千佳會用夕暮夕陽的裝扮上場。

但千佳讓長瀏海維持原狀，卸妝露出原木的面貌。她穿著灰色連帽衣和黑色褲子這種輕鬆的裝扮，這是以前的夕暮夕陽不可能會做的打扮。

由美子不禁有一點動搖。

「呃，渡邊……就算妳不當偶像聲優了，那樣也未免放鬆過頭了吧……？」

由美子戰戰兢兢地傳達，於是千佳一臉不滿地回答：

「畢竟要出現在大眾面前。我也很想打扮成能夠給別人看的程度啊。」

「既然妳有那個心，為什麼還穿著跟平常沒兩樣的裝扮呢？」

「要表現出原本的個性對吧。我必須維持低調樸素的外表才行。所以我才什麼都不做，就這樣子過來了。」

千佳一邊移開視線，同時一臉不得已似的說道。

看來她似乎是為了守護現在的形象，才刻意不打扮的樣子。

那也是一種為了維持形象的努力嗎？

不過，難得她有一張漂亮的臉，總覺得有些可惜……最重要的是，不能看到那張臉，實在是太……而且，完全不留心裝扮的話，那樣也是……

「……不，渡邊。等下還是稍微整理一下頭髮吧。就算是低調女，也是有辦法打扮的啊。我來幫妳弄。」

「嗯……」

由美子如此提議，千佳便坦率地點頭。看來她似乎也有什麼想法。

「倒不如說，感覺姊姊妳只要平常再多注意一下打扮就好了吧。」

「要我說的話，我才無法理解明明只是來上學而已，卻要鼓起幹勁打扮這件事。先別提這些──」

這次換千佳盯著由美子的模樣看了。

「妳是用那種裝扮來呢……嗯，但要保護形象的話，應該是要那樣做嗎……」

千佳也對由美子的樣貌露出微妙的表情。

由美子久違地化了濃妝，穿著格子花紋的外套與同樣花紋的短褲，搭配白色針織衫。頭髮也燙成大波浪捲。她從未以歌種夜澄的身分做過這樣的打扮。

「我也很猶豫要不要用這種打扮……但妳想想。我畢竟是辣妹嘛。」

如果要說真心話，感覺用以前的歌種夜澄的打扮上節目比較好。

現在跟以前的外表實在相差太多。而且那樣也是用自己的方式在打扮。

與其採取大家感到陌生的裝扮上節目，不如用以往那種可愛的感覺出現，是否反倒比較好呢？

儘管那麼心想，但經紀人要自己表現出辣妹的一面。一方面也為了消除以前的形象，由美子才仔細地打扮成辣妹模樣前來。

「是哦。」

千佳的視線看來有些欲言又止。

「怎樣？」

「沒什麼。」

千佳只留下這句話，便迅速地進入錄音室。

跟節目的工作人員打完招呼後，導播要兩人在錄音間裡等待。

「編劇跟柚日咲小姐應該也很快就到了。等她們來再一起討論吧。」

導播這麼說，離開了錄音間。

雖然是會附帶影片播出的節目，但錄音間跟平常沒什麼兩樣。

桌上排放著跟椅子相同數量的麥克風和開關盒。

錄音間角落設置著攝影機。位置應該之後會調整吧。

身為來賓的自己們大概會並排坐著，芽玖瑠則是坐在對面……由美子如此預測，坐到椅子上。

因為剛才拿到了劇本，就在由美子低下頭，想先確認一下內容時，傳來一個聲音。

「請多指教——」

只見芽玖瑠笑咪咪地向大家打招呼的身影出現在控制室裡。

由美子不禁緊張起來。

對方就那樣走進了錄音間裡，因此由美子站起來打招呼。然而……

「……唉。」

對方露骨地擺出厭惡的表情，甚至還發出嘆息。

雖然原本就不抱期待，但對方並沒有表現出友善的態度。

芽玖瑠露出跟她可愛容貌不搭的憎恨表情，關上房門。

她噗咚一聲地坐到椅子上後，將手伸向開關盒。她用熟練的樣子關掉麥克風。

是為了什麼呢？

為了不讓自己的聲音被收進麥克風。

現在只是聽不見，但麥克風一直開著的話，依照控制室的操作方式，聲音會傳遞到工作人員那邊。她是想避免那種情況吧。特地關上門也是因為這樣。

芽玖瑠接下來要講不想被別人聽見的話。

不出所料，從她口中冒出了攻擊性的話語。

「就算是經紀公司的後輩，我也沒想到會被捲進來幫忙擦屁股。妳們真的很會給人添麻煩呢。光是被妳們接近就會妨礙到我的事業耶。妳們還打算盡量去上其他廣播給別人添麻煩對吧？感覺就像會走動的公害呢。」

她凶狠地瞪著這邊看。

但由美子的怒火並沒有立刻沸騰起來。

感覺她這番發言充滿惡意。也希望她能慎選一下用詞。

但是，芽玖瑠並沒有說錯什麼。

無論是幫忙擦屁股或給周遭添麻煩，都跟她說的一樣。

「……妳說其他廣播……柚日咲小姐，妳是聽成瀨小姐說的嗎？」

千佳一邊察言觀色，一邊如此詢問。

為了讓形象煥然一新，兩人預定上許多廣播節目這點是事實。

不過，成瀨會特地告訴芽玖瑠這種事嗎？

芽玖瑠交抱雙臂，感到傻眼似的從鼻子哼了一聲。

「虧妳們還在自己的廣播節目上大肆宣傳：『會去上哪裡哪裡的廣播！』講這什麼話呀。」

似乎是這麼一回事。

不過，芽玖瑠居然會收聽高中生廣播，有些出人意料。

果然她會在某種程度上先預習來賓的情報嗎？

芽玖瑠無視感到驚訝的由美子，看似煩躁地用手指敲著桌子。

「因為是工作，我還是會認真主持，但拜託妳們別再給人添麻煩了。要是妳們因為自己的本性已經暴露，就想揭露其他聲優或我的真面目，我可是會把妳們一巴掌打趴在地。我會停止錄製節目。」

「我才不會做那種事呢。」

由美子不滿地反駁。不管再怎麼說，自己也沒那麼膚淺。

「這可難說。畢竟妳們思慮淺薄這點早就已經暴露出來了，不管做出什麼都不奇怪吧。」

她回應的每句話都帶刺。

雖然芽玖瑠的說法讓人感到火大，但由美子勉強克制住自己，沒有激動起來。

有很大的原因是因為旁邊那個馬上就會火冒三丈的傢伙，今天非常安分。

老實說，由美子有一點提心吊膽。

千佳低頭看著劇本，盡量不去聽一旁的對話。

芽玖瑠是她的直屬前輩，千佳說不定也在留意自己的言行。

但畢竟是千佳，她無論何時爆發都不奇怪。而且由美子本身也沒自信能一直忍耐。

由美子鼓起勇氣，說出從之前就有的疑問。

「那個，柚日咲小姐。我之前就在想了，為什麼妳會那麼，呃……對我們充滿攻擊性呢？我想知道理由。」

這番話讓芽玖瑠瞇細雙眼。她筆直地看著這邊的臉，靜靜地斷言了：

「因為討厭妳們。像妳們這種用半吊子的心態在工作的傢伙最讓人火大。我討厭妳們。」

「怎麼講成那樣……我自認很認真地在工作耶。」

「然而卻搞成這種狀況對吧？妳在說什麼呀？」

芽玖瑠一邊發出嘲笑，一邊將手指比向這邊。

「特地強調自己們的個性，為了善後去蹭別人廣播的傢伙們，會好好地？認真工作？妳這話是認真的嗎？」

「這……沒有關係吧。要是沒發生那種事情，我們也不會——」

「就是這點喔。」

芽玖瑠用帶刺的聲音插嘴。

她狠狠地瞪著由美子，同時在聲音中蘊含著怒氣。

「就是這點讓我最不爽。反正妳們八成認為自己是可憐的被害者吧？所以當事者意識才如此淡薄，才會這麼沒有自覺。這種輕浮的態度要擺到什麼時候？明明沒有好好地掌握到現況，別說什麼自己認真地在工作。」

她用強烈的語調如此說道。

不過，這番話讓由美子感到困惑。千佳也不禁皺起眉頭。

再怎麼說都無法視而不見。由美子看著芽玖瑠的雙眼，開口反駁。

「請等一下。姑且不提我，但渡──夕純粹是被害者吧。」

這次換芽玖瑠皺起眉頭。她的眼神瞬間變得銳利起來。

「別讓我說好幾次。妳們是加害者喔，至少對粉絲來說是。明明在當偶像聲優，卻破壞粉絲的夢想，這是不能被原諒的吧。無論有沒有發生那種事件，都絕對不能做那種事。拚命去守護粉絲的夢想吧。無論發生什麼，都別破壞他們的夢想。如果無法負責讓他們一直作夢到最後，就別當什麼偶像聲優。那樣會給其他認真工作的人造成麻煩，而且也對他們很失禮吧。」

她用蘊含激情的語調說道。

這番話出乎預料，而且讓由美子感到更加困惑。

正因為她有一套自己的工作論，才會這麼討厭由美子和千佳。似乎是這樣。

話雖如此，但她說的話實在不合情理。

「所以說，要是沒發生那種事件，就不會演變成這種情況喔。我們並不是自願不當偶像聲優的。」

「那只是妳們搞錯了應對方式而已吧。有很多辦法可以解決問題的，暴露私底下的一面怎麼可能是最好的辦法啊？實際上，經紀公司方面原本也是採用繼續當偶像聲優的方針。因為妳什麼都不想地選了輕鬆的道路逃避，現在才會變成這種局面吧。我就是在說妳們這種地方缺乏職業意識。」

「這——」

芽玖瑠強烈的話語讓由美子支支吾吾起來。加上對工作熱情的差距，她的台詞充滿了說服力。

最重要的是，由美子很難說是選擇了最好的道路。

是察覺到這一點嗎？芽玖瑠露出壞心眼的笑容。

「就這層意義來說，妳是最膚淺的喔，歌種夜澄。難得夕暮幫忙包庇了妳，妳卻自己主動破壞了夢想。因為妳的自我陶醉，究竟有多少人受傷了？為了妳一個人的滿足，給許多人添了麻煩，與支持妳們的人為敵了。像妳這個樣子，要我在哪裡感受到妳有職業意識呀？」

接連不斷飛來的話語，都刺進了胸口，散發出疼痛。

自己傷害了粉絲。這無庸置疑地是事實。

由美子也有自己一個人失控了的自覺。那副模樣的確很難說是職業聲優。

她咬住嘴唇，握緊拳頭。

她無法反駁。別說是變得情緒化了，甚至覺得像被潑了一盆冷水。

自己果然做錯了嗎？

由美子深刻感受到這一點。

「————嘖。」

響起一聲咂嘴聲。

氣氛變得更加凝重。

由美子和芽玖瑠都看向那邊。

可以看到千佳用猙獰的眼神瞪著芽玖瑠的模樣。

「——局外人可以少在那邊嘰嘰喳喳嗎？什麼叫搞錯應對方式？只會放馬後砲還沾沾自喜，這種行為還真是沒品呢。想要擺出前輩架子的話，可以先透過經紀公司再說嗎？」

「……哈。說得比唱得好聽。原來妳能擺出那種表情呢。聽到義正詞嚴的道理讓妳生氣了？姑且不論妳還是金蛋的時候，被現在的妳瞪著看，一點都不覺得可怕呢？」

即使被千佳從正面瞪著看，芽玖瑠也毫不在乎。她感到有趣似的笑著，輕快地如此回應。

就在千佳想更進一步反駁時——門打開了。

「怎麼啦？妳們不管在哪都充滿火藥味呢。」

一個熟悉的聲音傳入耳中。

在那裡的是運動衫打扮又貼著退熱貼，頭髮蓬鬆散亂的女性。

「咦，小朝加？」

由美子大吃一驚並站起身。朝加露出沒什麼緊張感的笑容，輕輕揮了揮手。

「小朝加怎麼會在這裡？」

「什麼為什麼？這個節目的編劇就是我呀。」

……之前都不曉得。

早知道是這樣的話，明明就可以向朝加打聽一些消息的。

看到熟悉的面孔而鬆了一口氣的同時，疑問也隨之湧現。就是朝加的發言。門應該是關著的才對，她怎麼知道錄音間內的氣氛很緊繃呢？

朝加露出苦笑，指向控制室。

導播他們一臉擔心地看著這邊。這時由美子察覺到了。芽玖瑠只有關掉自己的麥克風，由美子她們的麥克風還是有收錄到聲音。

芽玖瑠大概也理解到這點吧。

她彷彿在說「沒事喔～」一般，面帶笑容地朝控制室揮了揮手。

「好啦～那麼開始開會討論吧。」

朝加這麼開口後，緊繃的氣氛逐漸緩和下來。
因為芽玖瑠用自然的笑容開始跟朝加聊天，朝加也一副習慣的樣子在回話。
只有由美子與千佳仍然有些僵硬，會議就這樣進展下去。

錄音結束了。

「…………………」

由美子用手指按摩著額頭，同時低頭看向劇本。
……真高明呢。
芽玖瑠的本領讓由美子感到讚嘆。
不愧是手上有許多節目，聊天技巧受到周圍好評的人。
她不僅細心地讓節目順利進行，還不忘製造笑點。打造成一個快樂的節目。
儘管在錄音前爭吵成那樣，由美子依舊不禁笑了出來。
她也很擅長在不會讓人感到做作的程度內夾雜可愛的話題。
最重要的是，她的知識量非常豐富。
由美子趁芽玖瑠與朝加在交談的時候，悄悄地偷看她的劇本。
「……奇怪？」

不過，劇本上並沒有什麼很驚人的筆記，量也跟由美子差不多。

雖然是這樣，但感覺她實在挺熟悉歌種夜澄與夕暮夕陽。

由美子不只一兩次驚訝地心想：「她居然連這種事都知道嗎？」

乙女當來賓的時候，這種傾向也很強烈。

原本以為她一定準備了不少資料和筆記，但也沒看到她在翻資料。

由美子討厭芽玖瑠。

非常討厭。

但是，她值得由美子學習這點仍是事實。

「那個，柚日咲小姐。妳該不會將來賓的情報都默背起來了吧？」

再怎麼想也不知道答案，因此由美子詢問本人。可以感受到千佳有一點緊張。

「吵死了。別對我感興趣。」

她甚至不看這邊的臉，毫不留情地如此說道。

雖然由美子自認擺出了還算友善的態度，但根本無法交談。

感覺挺火大的。

不過，有很多事情想先問清楚。她的話術就是如此吸引人。

「妳對我們的事情也非常熟悉，是平常就會注意我們的消息嗎？」

「是呀。」

「而且好像也會收聽我們的廣播。」

「嗯。」

「妳會在確定來賓後預習這些事情嗎？」

「可能吧。」

「可以也給我們的廣播節目一些建議嗎？」

「沒有。」

「該怎麼做才能變得像柚日咲小姐一樣能言善道呢？」

「天曉得。」

……真的無法跟她交談。

由美子不禁用視線向朝加求助。

但朝加只是悄悄地移開視線，感覺沒有要幫忙說話的意思。

「那麼，我先失陪了。謝謝。」

芽玖瑠沒忘記只跟朝加打聲招呼，從座位上起身。

由美子向她的背影搭話。

「柚日咲小姐，等下要不要一起去吃飯呢？」

可以看出千佳大吃一驚。

芽玖瑠也不禁停下腳步。她的背影有些困惑……看起來是這樣。

不過，她稍微將臉面向這邊，用不帶感情的聲音回答：

「……跟連酒都不能喝的小鬼吃飯？開玩笑的吧。」

「如果是能喝酒的年齡，妳就願意一起吃飯了嗎？」

由美子的回應讓芽玖瑠嘆了口氣，彷彿在表示傻眼到講不出話一樣，然後她就那樣離開了錄音間。

呼——由美子吐了口氣。

只見千佳不客氣地盯著這邊看。

「……我嚇了一跳。明明被數落成那樣，妳竟然還敢開口邀她呢。妳有那種興趣？」

「可以不要把別人講得好像被虐狂嗎？我並沒有覺得被罵很舒服。」

「那為什麼要邀她？我還以為妳討厭柚日咲小姐。」

「我討厭她啊，這是當然的吧。光是回想起來也覺得火大。」

由美子歪了歪嘴這麼回答。於是千佳一臉不可思議地歪頭感到疑惑。

「既然這樣，為什麼邀她？」

「……雖然我討厭那個人，但那個人也有她自己的意見吧。應該說我們只是意見有衝突嗎？我覺得可以再稍微聽聽她的說法，才真正地去討厭她，而不是因為討厭就拒絕來往，就這樣結束。」

由美子將內心的想法說出來。至少她認為應該坐下來再好好談談才對。

由美子的回答讓千佳驚訝得瞠大眼。

然後她的眼神慢慢地轉變成疑惑。

「……我覺得那是陽光的人特有的誤會。你們不是有一種好像只要在外面一起吃肉跳舞，大家就都是好朋友，可以來開派對一樣的瘋狂價值觀嗎？因為自己很開心，於是覺得對方也會開心的那種想法真的很愚昧，我覺得妳還是別那麼想比較好喔。」

「妳還真是口無遮攔呢……像妳們那種陰沉的人，只會在那邊拉下鐵捲門，一邊瞧不起別人一邊獨自吃飯，所以才沒救吧。大家一起愉快地吃飯，因為很開心才會邀別人吃飯喔。可以不要惡意曲解別人的意思嗎？」

「我們真的合不來呢。」

「合不來也沒差就是了。」

跟千佳進行了這樣的對話後，由美子面向朝加。

「小朝加也是啊。看到我被那樣冷淡對待，妳都不覺得可憐嗎？稍微幫我說句話也無妨吧。」

由美子像在開玩笑似的噘起嘴唇，於是朝加露出苦笑，聳了聳肩。

「饒了我吧。畢竟這個節目的主持人是小玖瑠啊。如果她不願意，我就沒辦法幫忙啦。」

「……她那樣果然是不願意嗎？」

由美子靠在桌上，發出「嗯～」的低鳴。

千佳用傻眼的語調回應：

「肯定是不願意吧。妳連別人的感情變化都看不出來了嗎？」

「想不到居然會被妳解說關於人的心情呢。哎，怎麼說呢。應該說柚日咲小姐的那種態度讓我有點在意嗎？」

由美子舉起食指，揮動著食指回答。

「渡邊比較像是根深蒂固的本性陰沉？從骨子裡就很陰鬱的感覺？那種個性讓別人無法靠近，感覺就像是與生俱來的天然高牆。但總覺得柚日咲小姐的高牆是刻意打造出來的呢。」

「為什麼剛才的說明大多是在講我的壞話呀？」

由美子無視千佳的抱怨，詢問朝加。

「噯，小朝加。柚日咲小姐平常對其他聲優也是那種感覺嗎？」

「那種感覺是指？」

「像是充滿攻擊性，或是態度很差之類的。」

「不，完全沒有喔。平常的小玖瑠真要說的話，比較公事公辦且淡泊吧。因為她態度和善，所以不會讓人覺得討厭就是了。」

……又是個出乎意料的印象。

跟由美子面對的芽玖瑠，還有在媒體上看到的芽玖瑠都不同。

「我在經紀公司見到她時，也是那種感覺呢。不過我們見面次數很少，現在的態度也截然不同就是了。」

千佳這麼補充。

「那麼，為什麼只針對我們擺出那種態度呢？」

對於這理所當然會浮現的疑問，朝加有些難以啟齒似的小聲回答了。

「……她似乎偶爾也會對工作態度不像話的後輩發火呢。雖然我並沒有親眼目睹過啦。」

……似乎是這麼回事。

雖然被說工作態度不像話讓由美子很生氣，但從芽玖瑠的角度來看，是那樣沒錯吧。

由美子嘆了口氣。

彼此能有互相理解的一天嗎？由美子有一點失去自信了。

說到底，對方絲毫沒有要妥協的意思。

看到這樣的由美子，朝加笑著說「好啦好啦」。

「雖然不是幫她說話，但關於約吃飯這件事，就算不是小夜澄，我想也會被拒絕喔。畢竟我從沒聽說過她跟其他聲優一起去玩的事情。就連小乙女也被拒絕了。」

「咦，是這樣嗎？明明感覺她會有很多聲優朋友。」

「她應該劃分得很清楚，認為工作就是工作吧？例外好像只有小花火。那兩人雖然黏很緊，但話題都不會提到其他人呢。」

總覺得聽了這些事情後，更無法掌握芽玖瑠實際上到底是怎樣的人了。

小花火應該是指「芽玖瑠與花火的我們是同期，有事嗎？」的搭檔主持人，夜祭花火吧。

的確，廣播裡的她們看來感情很好。

要是沒有除了她以外的朋友，更讓人感覺芽玖瑠的高牆是刻意打造出來的。

但是，即使看向芽玖瑠剛才坐的椅子，還是一直想不出答案。

「紫色天空下」。

由櫻並木乙女擔綱主演，夕暮夕陽、歌種夜澄擔任第二主角，以女角為主軸的動畫。

這部動畫在秋天開始播出，不過錄音已經進展到最終回附近了。

今天也要錄音，因此由美子在放學後直接前錄音室。

「請多指教——」

她向工作人員們打招呼。

已經很面熟的他們一看到由美子，表情立刻明朗起來。

「啊～歌種同學。今天也多指教嘍。」

「小夜澄那種認真好學生的模樣，感覺也看習慣了呢。」

離後製錄音還有段空檔，因此大家從這樣的招呼起頭，談笑了一陣子。

然後由美子看準了時機，戰戰兢兢地詢問一直想問的事情。

「那個，我跟夕之前不是引發了事件嗎？不知道那件事對節目有沒有造成什麼影響……？」

畢竟是兩個主要角色的醜聞。由美子她們和主持的廣播不用說，她一直擔心是否也會給這些節目添麻煩。

不過工作人員們用笑聲回應由美子的問題。

「沒有沒有，沒問題喔。妳可以不用在意這種事啦。」

「就算真的有影響，聲優的評價也跟作品的品質沒關係吧？責任在於無法推翻那種評價的工作人員身上。那不是歌種同學妳們該在意的事情啦。」

他們像這樣鼓勵由美子。工作人員們溫暖的話讓由美子鬆了口氣。

錄音本身進行得很順利，錄音時的氣氛也很棒。

儘管其他聲優也會擔心由美子她們，但沒有任何人會講像芽玖瑠那樣的話。

「暫時休息一下——」

聽到控制室的人這麼說，錄音間內的氣氛一口氣放鬆下來。

有人開始活動筋骨，有人咳了幾聲清喉嚨，有人確認劇本。在這當中，由美子為了上廁所離開現場。

來到走廊上時，她注意到了說話聲。

在角落那邊悄悄交談的是節目製作人與宣傳製作人。

由美子立刻明白了什麼，她悄悄躲藏起來。側耳傾聽他們的對話。

「想在這階段透過特別節目什麼的再宣傳一把呢。」

「對啊。畢竟難得請到了櫻並木小姐，這不是挺好的嗎？安排個特別回顧之類的，請聲優們進行對談如何？」

「嗯～可是你想想。歌種同學跟夕暮同學她們啊，有一點小麻煩不是嗎？讓她們太常出現在公開場合似乎不太好。要是有人閒言閒語也很傷腦筋吧？」

「這我可以理解啦……但是，只靠櫻並木小姐獨自主持特別節目實在有點……」

「不能找其他聲優來充場面嗎？可以請幾個人來啊。」

「要是排除掉兩個主要配音，也未免太露骨了吧？而且經紀公司那邊又要我們積極地採用那兩人。」

「這個我明白，我同樣很想給她們機會喔？可是就現實來考量的話……」

聽到這邊時，由美子悄悄地離開了現場。

從廁所回到錄音間後，沒多久休息時間便結束。由美子拿著劇本站到麥克風前。

「……佐藤。妳怎麼了嗎？」

正當由美子翻著劇本時，站在旁邊的千佳這麼問了。她一臉疑惑地窺探著這邊。

「什麼意思？」

「妳問什麼意思……」

千佳似乎想說些什麼，但控制室那邊傳來指示。她連忙重新面向麥克風。

再次開始錄音。

螢幕上映照出未完成的影像。簡略的草稿雖然不會動，但計時器忙碌地轉動著。在緊繃的氣氛中，只有聲優的聲音開始響起。

飾演小春的乙女與飾演小夏的千佳。兩人一邊改變表情，一邊替角色配上聲音。

「小春——！我要泡咖啡，小春也要喝嗎？」

「啊，妳要幫我泡嗎？謝謝妳～我要我要。」

「好～我打算喝咖啡，不過小春要喝什麼？也有紅茶喔！」

「咦？要喝什麼呢……妳覺得喝哪個好？」

「我怎麼知道呀。隨妳高興啊。」

——千佳那溫和平穩的聲音讓人差點發出嘆息。

劇本上在「我怎麼知道呀。隨妳高興啊。」這句台詞旁，標註著「一邊感到傻眼似的笑著」這樣的指示。

老實說，看到這句台詞的時候，該說感覺有些不客氣嗎？總覺得有一點冷淡。

但是，千佳剛才的聲音十分柔和，給人一種溫暖的印象。那感覺是不禁笑了出來的抿嘴笑，聲色非常溫柔。

千佳飾演的西園寺夏，對姊姊抱有強烈的自卑感。

但到最終回附近時，她們之間的疙瘩已經消除了。

剛才的對話也是溫馨家庭裡的一幕場景。

小夏對姊姊抱持的自卑感消除後，非常自然且溫和地向姊姊搭話。那聲音讓人覺得「啊，真的沒問題了呢」，是能夠傳遞出這種訊息的聲音。

明明螢幕上只有未完成的影像，卻能夠浮現出小夏靜靜地笑著的身影。

「啊，小夏姊姊跟小春姊姊都好狡猾。也泡一杯給小秋。」

由美子也加入。她配合計時器發出聲音。

由美子練習了無數次，一天到晚思考著小秋的事情，努力地想盡量表現出最好的演技，然後現在總算可以替角色配上聲音。

……自己是否能表現出像千佳那樣的演技呢？

是否能表現出讓人著迷的演技呢？

不，答案已經出來了。

就憑現在的自己，終究還是贏不了夕暮夕陽。她演技的技術比自己高超好幾倍。

由美子注視著佇立在遠方的背影，心想「啊，真不想輸給她」。想要追上她。

想要變得更厲害。

無論是演技、歌聲或其他事情，都想變得更加厲害。

然後有朝一日想靠自己的演技讓千佳為自己的聲音著迷。

由美子一邊配音，一邊充滿著有一天一定要達成夢想的念頭。

但與此同時，也充斥著一種無法釋懷的鬱悶心情。

明明夕暮夕陽能表現出這麼棒的演技。明明她擁有那麼棒的聲音。

即使由美子如此討厭她，一旦鬆懈下來，依舊忍不住會感到嚮往。

為什麼她卻得為了那種無聊的事情，被剝奪表演的舞台呢？

錄音順利結束後，由美子來到走廊上時，被乙女叫住了。

「小夜澄，可以耽誤妳幾分鐘嗎？」

哎呀？由美子如此心想。因為乙女平常都是匆忙地打過招呼後，便立刻前往下個工作地點。

「嗯。我是無所謂啦，不過姊姊妳沒問題嗎？」

「唔……嗯。因為得立刻離開，所以一下子就好。小夜澄妳還好嗎？發生什麼事了？」

「…………」

看來似乎被看穿了。

因為其他工作人員沒有特別說什麼，還以為沒有穿幫。

由美子一邊撥弄著頭髮，一邊小聲地回答。

「唔……嗯～說得也是呢。因為那個被懷疑陪睡的事件等事情，發生了很多事。總覺得有些吃不消。」

由美子一邊這麼說，同時猛然想起。

雖然不是想敷衍過去，但她連忙提起那個話題。

「對了，姊姊……！姊姊也在網路上被人說閒話了吧？聽說因為跟我們組隊的關係，就連乙女姊姊也被認為有不可告人的一面。」

這是以前聽芽玖瑠說的。

由於被夾在引起負面爭議，有著另一面的兩個聲優中間，乙女似乎在網路上被人這麼說。無辜的她受到連累。

「明明沒有聲優像姊姊這樣表裡如一。真的很對不起。」

「演變成那種情況了嗎？但只是在網路上被說閒話對吧？妳不用放在心上喔。」

乙女溫柔地露出微笑。

但她的表情立刻蒙上陰影。

她確認周圍沒有任何人在後，悄悄地將臉湊近。

「而且呢，小夜澄，就算是我也有不可告人的一面喔。是絕對不能說出來的另一面。」

「咦？姊姊有……？妳開玩笑的吧？」

由美子半信半疑地如此回應。

於是乙女左右搖了搖頭之後，將臉貼得更靠近了。

「……如果是小夜澄，告訴妳也無妨。關於我不可告人的一面。但是，妳能幫忙保密嗎？要是被粉絲知道的話，他們絕對會幻滅的。」

「我……我知道了。我絕對不會說出去。」

由美子這麼說，乙女隨即緩緩地點了點頭。

她用認真的表情吐露自己的祕密。

「我呀，其實興趣是散步喔。所以我經常說自己休假的時候會去散步。」

「唔……嗯。我知道。畢竟我看過姊姊的個人檔案，我們也一起散步過嘛。」

「可是呢，我現在度過假日的方式——都是在睡覺，一直在睡。肚子餓了就起來吃飯。吃的飯也是透過網路訂餐，請人送到家裡的。我一步也沒有離開家門，只是窩在家裡盡情地大快朵頤愛吃的東西……睏了就跑去睡。還會喝酒。一直穿著睡衣，假日就這樣結束了。」

「嗯……嗯？」

「畢竟是難得的休假，我知道應該外出透氣會比較好！我也很想散步！可是，在家裡自

甘墮落到令人難以置信地度過假日，也讓我覺得好快樂……感覺好幸福……我自己都覺得我這樣實在是……實在是太糟糕了……！」

乙女顫抖著雙手如此說道。

她是很認真地在說吧。

的確，從對乙女抱持著幻想的人來看，那種生活說不定會讓他們感到幻滅……？

「呵呵。」

「！呃，小夜澄！這可不好笑喔……那個，這件事真的請妳別說出去喔……？」

對於忍不住笑了出來的由美子，乙女拚命地將食指貼在嘴上。

那模樣實在有些滑稽，由美子忍不住笑了一陣子。

雖然乙女好像不明白由美子為何被戳到笑穴，但她沒多久便恢復成溫和的表情。

「小夜澄。」

「嗯？」

乙女將手貼在喉嚨上，「嗯，嗯嗯」地反覆咳了幾聲清喉嚨後，緩緩地開口說道：

「『誰教雫做了那麼過分的惡作劇。今天就不給妳點心吃了。』」

她突然改變的聲色讓由美子不知所措。

不只是聲音，乙女還交抱雙臂，擺出冷淡地將臉撇向一旁的姿勢。

乙女說的是在「冬季★旅情」中登場，名叫冰室凜的角色台詞。是她跟由美子首次共同

演出時，乙女所飾演的角色。

她為何現在說出凜的台詞？儘管如此心想，由美子該回應的只有一句話。

「『哪有這樣的啦，姊姊！開玩笑也該有個限度……等……等一下啦，姊姊！』」

因為很久沒碰那部作品，原本有些不安，但意外順利地發出了角色的聲音。

進行了令人懷念的對話後，兩人互相對望，呵呵地笑了。

然後乙女靜靜地開口說道：

「老實說呢，小夜澄叫我姊姊的時候，我很開心喔。真的就像是凜跟雫的關係一樣，我心想自己身為姊姊，身為前輩，必須好好振作才行。所以說呢，小夜澄。我希望妳無論什麼事都可以找我商量喔。因為我是妳的姊姊呀。」

「乙女姊姊……」

她平穩的聲音讓內心動搖起來。

想不到她居然如此替自己著想——由美子感覺胸口像被揪住一般。

由美子並沒有打算對乙女隱瞞什麼祕密，但應該是有些客氣了吧。乙女是忙碌的當紅聲優，由美子不想給她造成太多負擔。

然而，既然乙女都說到這種地步。

即使不是那樣，也有很多想說的話。

就在由美子感覺內心充滿溫暖時，乙女緊緊地握住由美子的手。

「還有呢。這也是很重要的事。」

乙女溫柔的臉龐稍微顯現出強烈的意志。她緩緩地接著說道：

「在小夜澄周圍，包括我在內，有很多人想助妳一臂之力。我想他們應該會伸出援手。可是呢，如果妳因為對那些人不好意思，壓抑自己想說的話，那樣並不好喔。畢竟最重要的是小夜澄想怎麼做喔。」

由美子無法立刻做出反應，因為這是她根本沒想像過的話。

從乙女的角度來看，發生了會讓她那麼想的事情嗎……？

不過，在由美子深入詢問含意之前，乙女的身體猛然跳動了一下。

她的視線緊盯著時鐘。

「對對對對不起，雖然是我說希望妳找我商量的，但我該走了！下次一定，下次一定會排出時間！到時要好好聊聊喔！」

「啊，好，嗯！謝謝妳，姊姊！我非常開心！我一定會聯絡妳的！」

由美子揮手目送匆忙離開的乙女。

她在離開前面帶笑容地揮手回應，由美子也自然地流露出笑容。

呼——由美子嘆了口氣。內心洋溢著幸福的感覺。

「…………？」

不過，有什麼東西在心裡萌芽。發出針刺般的疼痛。

乙女的話成了契機，自己內心產生了一種不協調感。有什麼東西卡在心裡。
但是，即使去思考，仍舊不曉得那東西的真面目。
更重要的是透過與乙女的交流感受到的溫暖感情，消除了不協調感。
由美子一邊忍耐著不笑出來，一邊也踏上歸途。
她幾乎是小跳步地快步前往車站。
於是她發現了千佳的背影。由美子拍了一下千佳的背後。
「嗨，渡邊。等下要不要一起去吃飯？」
「啥？……我並不想跟妳吃飯耶。」
「我也不想！只是說說而已！」
「妳好嗨……開朗過頭也很可怕耶……」

多里尼堤股份有限公司
TEL：00-0000-0000
MAIL：Trinity_supportmailing

櫻並木乙女

Otome Sakuranamiki

出生年月日：20××年4月14日

興趣：散步、占卜

●★●★●★演出情報★●★●★●

【ANIMATION】

「行星天堂」主要角色（星空諾耶爾）
「行星天堂 2nd actors」主要角色（星空諾耶爾）
「電影版行星天堂」主要角色（星空諾耶爾）
「冬季★旅情」主要角色（冰室凜）
「紫色天空下」主要角色（西園寺春）
「這樣我簡直就像女主角不是嗎！」第一女主角（笠峰愛理）
「絕對少女無法停手。」第一女主角（新田鹿子）

【RADIO】

「行星天堂廣播電台分部」主要主持人
「櫻並木乙女的簡直就像在賞花一樣」主要主持人

【負責人評論】

「她平常的特色是天真的個性和治癒系的氛圍，但在錄音時會搖身一變，展現出無與倫比的專注力與可靠的一面，是站在業界最前線的實力派聲優。在已經決定推出電影版的動畫『行星天堂』中，以絲毫不會讓人感到不安的穩定演技力讓觀眾為之著迷。演出作品數可以證明她的實力，她將以此為武器，貢獻一己之力來提升作品的魅力。」

推特ID：sakuranamiki-otome

多里尼堤股份有限公司
TEL：00-0000-0000
MAIL：Trinity_supportmailing

NOW ON AIR!! 第27回

「呃——化名最愛大碗飯的小胖子同學。『夜夜，夕姬，早安——！』早安——」

「早安。」

「『前幾天發生了令我大吃一驚的事情。我去了電影院，坐在旁邊的人碰巧是打工地方的前輩。我嚇了一大跳。請問兩位最近有什麼大吃一驚的事情嗎？』」

「感覺是很一般的聽眾信件呢。這件事的巧合程度根本比不上碰巧是聲優又同班的我們，唯一值得讚賞的是把這種內容寄給我們的膽量。」

「小夕真嚴苛——嗯，最近大吃一驚的事情也是很常見的問題呢……啊～不過有呢。就是小朝加的家。看到那個讓我嚇了一跳。這次比以往更加驚人。」

「那倒是沒錯。我也大吃一驚呢。但我們沒在廣播中提過那件事吧。」

「是嗎？那來講一下吧。呃～之前我們去了小朝加的家。」

「那是一次相當寶貴的經驗……朝加小姐難得著急起來呢。不要緊的，就算阻止，這女人也會照說不誤。」

「講得真難聽。雖然我照說不誤就是了。呃，要說為什麼的話，原因有點複雜。因為那個負面爭議事件，我們給小朝加添了不少麻煩，於是就去幫忙打掃她家，還有煮飯給她吃當作補償。」

「夜好像去過她家好幾次，但我是第一次去。然後，我踏進她家的感想就是——」

「「慘不忍睹。」」

「感覺愈來愈髒了呢……東西多到看不見地板，而且完全沒有打掃。我忍不住心想小朝加缺乏的不是女子力，而是獨立能力吧？」

「還有件事想告訴各位聽眾，我也是第一次知道水是會腐敗的呢。要洗的東西如果沒有好好洗乾淨，就丟著不管的話，堆積起來的水會變成黏答答的物質……」

「夕，別講太噁心的話題啦。說不定也有人正在吃飯。」

「失禮了。不過只是在聊關於打掃的事情就會變成噁心話題，也很奇怪就是了。還有，我覺得內衣褲脫了就亂丟也不太好喔。」

「小朝加穿的內衣褲挺可愛的呢。」

「那個很可愛呢……哎呀，朝加小姐難得在害羞。

我知道了，不提這些了……嗯？導播先生好像在說什麼。」

「他說『妳們兩人也到我家煮飯給我吃嘛』。呃，那樣不行吧，大出先生。兩個女高中生跑到中年男性家裡的話，一般看到都會報警啦。」

「我們進入公寓的瞬間會被拍下來放到網路上，引發一波負面爭議喔。」

to be continued……

「啊，姊姊——這邊這邊。」

「…………………」

由美子發現走出驗票口的千佳，朝她揮了揮手。

千佳老實地靠近這邊，但她的表情感覺有些黯淡。

「什麼，怎麼了嗎？」

「……不，沒什麼。只是覺得在星期六早上穿運動服集合實在很奇妙。」

千佳一邊這麼說，一邊俯視自己的身體。

兩人都穿著學校運動服，手上拿的是書包。

從旁人眼裡來看，看起來只像是要去參加社團活動的學生吧。

今天沒有像平常那樣變裝，千佳沒有化妝，瀏海也放了下來。由美子也只有簡單地化了一下妝，控制在不會太醒目的程度。頭髮則在後面綁成一束。

兩人感覺都有一點老土。

是因為在意這點嗎？千佳的視線徘徊不定。

「……其實不用特地穿運動服來也沒關係吧？」

「妳太天真啦，渡邊。居然想穿便服闖進小朝加的家裡，簡直是瘋了。小朝加平常也都

穿著運動衫對吧。」

「原來那套服裝有那種意義……？」

「應該說渡邊感覺沒去別人家玩過。沒問題嗎？妳懂得規矩嗎？記得在玄關脫掉鞋子喔？不能穿著鞋子直接進去別人家裡喔？」

「又來了。我真的很討厭妳這種地方。就算沒去過別人家，也知道那種事情吧。妳有沒有常識啊。」

「啊……妳真的沒去過別人家啊……」

「……說到底，我才搞不懂為何能用那種程度的事情擺架子。難道要在內心自豪我曾經去過某某人家裡，來度過今後的生活嗎？那想必是很豐富充實的人生呢，愉快到會讓人笑出來。」

「啥？我覺得廣泛且親密的人際關係，會讓人生變得豐富喔？只是妳輕忽這方面的事情，才無法注意到價值而已吧。在學校獨自坐在座位上，有什麼好事嗎？人生有變得豐富充實麼～？」

「是，是，又來了，妳最拿手的展示優越感。像妳這種群聚就是人生全部的人大概不明白，但也有人喜歡獨處喔。妳知道每個人都有各自不同的價值觀嗎？雖然對不是全部都一樣就無法安心的傢伙講這些大概也是徒費唇舌。」

「這傢伙……果然還是該獨自來的……」

兩人一邊像這樣鬥嘴，一邊前往目的地。

今天預定要兩人一起去朝加家打擾。

那場為了消除陪睡嫌疑的現場直播，朝加竭盡全力幫了很大的忙。

為了感謝朝加，今天要去幫她煮飯和打掃房間。

由美子原本就曾經去幫忙煮飯順便去玩，所以朝加也不會太客氣。

幾乎就是平常相處的延伸。

差別在於千佳開口說要跟來。

她似乎認為既然由美子要去道謝，自己也應該一起去才合理。

工作人員那邊姑且是由經紀公司代表致謝了，感覺也沒必要放在心上。然而千佳在這方面相當頑固。

但由美子心想既然多了個人手，就好好幫忙打掃一番——於是決定借用千佳的力量。

過沒多久，兩人便到達朝加居住的公寓。

千佳抬頭仰望公寓後，環顧周圍。她發出像是感到傻眼，又像是驚訝的聲音。

「她真的就住在工作場所附近呢……而且還是挺高級的地方。」

由美子第一次造訪時，也湧現一模一樣的感想。

距離平常錄製廣播的地方只要徒步幾分鐘，不過就地點來說，感覺地價很高。而且抬頭仰望的公寓樓層相當高，還有著漂亮的外部裝潢。

雖然不到渡邊家那種程度就是了。

「果然文案企畫很賺錢嗎……雖然也可能只是她比較紅而已。」

「嗯，但應該賺得比我們多不少吧？雖然代價就是小朝加好像很多工作忙不完。」

工作繁忙是她家裡一團亂的主要原因吧。

走進大門入口後，由美子從書包裡拿出鑰匙。

看到她拿出鑰匙，千佳大吃一驚。

「咦，真可怕，感覺很可怕耶……怎麼，原來佐藤與朝加小姐是那種會給對方備用鑰匙的關係嗎……？慢點，可以不要把我捲入這種奇妙的祕密裡嗎？我真的不想知道。我真的很討厭妳這種地方。」

「妳怎麼獨自幻想得如此起勁啊……這只是在之前錄音時跟她借用的。今天會還給她啦。」

由美子一邊這麼回嘴，同時用鑰匙開鎖。響起嗶一聲的電子聲響，自動門打開了。

由美子進入裡面。千佳儘管一臉疑惑，仍戰戰兢兢地跟了上來。

「……為什麼要借備用鑰匙？普通地按門鈴請她開門，不就好了嗎？」

「小朝加說她要是放假的話，早上一定在睡覺。而且光是按門鈴，她百分之百不會醒來。這樣就只能拿備用鑰匙擅自進來啦。」

「嗯，嗯嗯……打電話也叫不醒她嗎？」

「如果是電話她好像會驚醒，但那只是因為覺得是工作上的電話才爬得起來，她說像那樣子醒來感覺糟糕透頂。所以她拜託我既然要來，就用備用鑰匙開門。」

「雖然不是不懂她的心情……但朝加小姐果然是有點糟糕的人呢……」

由美子一邊回她「妳現在才知道？」一邊搭上電梯。電梯裡也非常寬敞明亮。

「話說既然這樣，難道不能等中午後再集合嗎？總覺得等朝加小姐起床再過來也無妨吧。」

「因為渡邊沒看過小朝加的家呢～所以才講得出這種話吧～」

「我還是第一次看到如此無聊的優越感。怎麼，有那麼慘不忍睹嗎？」

「慘不忍睹。因為也想煮飯給她吃，要是等到中午才動手，是打掃不完的喔。我說啊，渡邊，妳再稍微做好覺悟吧。」

「這是在勸說我什麼呀……？話說今天的妳講話方式比平常更加煩人耶。可以理解妳想在自己的領域嬉鬧的心情，但能不能再稍微克制一點？」

「啥？那是什麼意思啊。應該說正好相反吧。因為去別人家拜訪是妳不擅長的項目，妳才一直感到排斥，想要逃避吧。可以停止那種被害妄想嗎？」

「又來了。我真的很討厭妳這種地方。追根究柢，妳的言行從平常就很過分了。缺乏氣質，講話難聽，感覺不管到哪裡都是個野蠻人呢。」

「在講話難聽這方面我可不想被妳說三道四。應該說追根究柢，妳明明是後輩，態度還如此囂張。可以不要用對平輩的態度跟我講話嗎？請妳記得加敬稱用敬語。」

「真不巧啊。別讓我重複好幾次好嗎？我身為演員的演藝經歷是第四年，第三年的妳才是後輩。妳才應該對我用敬語。」

「請問夕暮小姐為什麼態度如此居高臨下呢？您沒有自覺到自己很囂張嗎？」

「嘖……我說妳呀，真的該適可而止喔。我才不想被妳說什麼態度高高在上還是囂張。明明連敬語都講不好，為什麼有辦法對比自己年長的人像平輩相處那樣講話？其實妳是個塊頭很大的小學生之類的？不，小學生應該都比妳有禮貌呢。妳比兒童還不如。」

「這傢伙……我有好好在挑可以不用敬語的對象啦，因為關係夠好才能那樣講話啊。啊，感覺妳一輩子都不可能有那種經驗呢。果然遠離人類太久的話，會變得搞不懂距離感嗎？畢竟妳是個離群索居的孤獨者呢，會不曉得怎麼跟人講話呢。」

「妳才是出身於未開化的土地吧？看妳那身像原住民一樣的打扮。可以不要把我跟講著呼喔呼喔就能溝通的人種混為一談嗎？」

「真……真讓人火大……廢話少說，就叫妳給我用敬語啦，後輩。」

「妳才應該早點給我用敬語吧，後輩。」

兩人在走廊上嘰嘰喳喳地爭吵著。但來到了朝加的房間前，因此她們暫時休戰。

為了還沒有做好覺悟的千佳……雖然不是這麼回事，但由美子打開門鎖後，就那樣推開了房門。

「唔哇。」

「…………」

門打開的瞬間，千佳發出這樣的聲音。

唔哇。

這大概不是看到別人家會發出的話語——但也能理解她想那麼說的心情。

走廊從玄關延伸下去，前面有一扇門。

一打開那扇門，就來到這個房間的客廳。

不過，就連從那扇門到玄關的走廊上，都堆滿一堆東西，寸步難行。

房間裡很陰暗，恐怕是將窗簾整個拉上了吧。

從那種亮度也能感受到壓倒性的物品數量。

大多是網購的紙箱堆積起來，大量疑似劇本的影印紙覆蓋在紙箱上。衣服和皮包、日用雜貨也雜亂無章地混在一起。

「……巢穴。」

千佳小聲地低喃。她的視線集中在一點上，是裡頭的門扉。

甚至侵蝕到玄關的物品們，是從裡頭的房間洋溢出來的吧。

巢穴這個形容莫名貼切，這個房間與其說是家或住處，更適合巢穴這個詞。

「好啦，要上嘍。」

「我現在比公開錄音時還要緊張。」

「既然這樣，我就再幫忙握著妳的手吧。」

「這是我有生以來第一次覺得妳如此可靠的瞬間。」

兩人在被東西和鞋子埋住的玄關脫鞋處挪出空間，硬是脫下了鞋子。

就如同字面一般，她們沿著沒有踏腳處的走廊前進，打開門扉。

「……這應該用來當節目企畫還是什麼的比較好吧？」

看到那光景的瞬間，千佳發出嘆息。

假如身為導播的大出在現場，說不定會考慮一下這個建議。

雖然房間是套房，但相當寬敞。床鋪和電腦桌、沙發與電視、冰箱跟較大的書櫃——即使擺設著許多占空間的家具，室內仍然十分寬敞。

廚房也很寬廣，占用不少空間。從會烹飪的由美子來看，寬廣又方便使用的廚房，光看就讓人充滿期待。

然而現在卻絲毫不會湧現那種心情。

因為房間太髒了。

這句話道盡一切。

走廊的髒亂原封不動地移動到客廳。寬廣的房間只是充斥著滿滿的物品，形成了一個雜亂無章的髒房間。因為房間陰暗，只能看見大略的影子，但要在這裡點亮燈光需要一點勇

氣。

話雖如此，也不能就這樣掉頭離開。

由美子拉開窗簾，讓光線一口氣照射進來。

「小朝加……」

清楚地看見房間的慘狀，讓由美子的眼眶不禁濕熱起來。

跟預料的一樣，房間裡堆滿了東西。

書、CD和劇本在各處堆積成塔，還有一部分崩塌了。已經開封的紙箱和沒打開的紙箱摻雜在一起並排著，形成奇怪的藝術品。

當然沒有踏腳處，脫下來的衣服和內衣褲也到處亂丟。

「唔哇……等……等一下，佐藤。」

由美子回到千佳身旁後，千佳緊緊地捉住由美子的手臂。

她絲毫不掩飾一臉不安的表情，不知所措地將視線集中在一點上。

她罕見的模樣十分可愛，讓由美子不禁覺得有些溫馨。但追逐著她的視線看過去後，那種心情便消失無蹤。

廚房的流理台堆積著骯髒的餐具。

而且非常大量，是把這個家裡的餐具都拿出來用了吧。不曉得那些餐具是從何時開始被放置的，這點讓人非常害怕。也難怪千佳會感到畏懼。

「渡邊，妳摸摸看堆積在這盤子上的水。黏答答的喔。」

「黏……黏答答……為什麼會發生如此可怕的現象？」

「應該是因為水腐敗了吧……小朝加家的流理台經常是這個樣子呢。」

「太慘了……噯，那個，食物之類的沒問題嗎？不會有蟲跑出來吧？我真的很怕蟲耶……」

「喔，那倒是不要緊……因為小朝加也很怕，應該只有防蟲對策特別周到。妳看沒有食物掉落在地上對吧。」

「是嗎，那樣倒還好……話說回來，我們明明這麼吵，但朝加小姐都沒醒來呢。」

兩人的視線都看向床鋪。

可以看到用棉被把自己整個蓋住的朝加，但她甚至沒有要翻身的意思。

就算靠近，她也沒有要醒來的樣子。她露出像小孩一般稚嫩的臉龐，一臉幸福地安穩熟睡著。即使戳她的臉頰依舊沒有反應。

雖然那睡臉很可愛，但她可是這個髒房間的主人，讓人不禁百感交集。

「好啦──姊姊，開始動手吧。她都說反正她不會醒來，隨我們高興怎麼做，我們就卯足全力來做吧。我去整理廚房那邊然後煮飯。打掃跟洗衣服可以交給妳嗎？」

「是，是……那首先要回收要洗的衣服呢……畢竟她內衣褲也是亂丟。」

千佳在房間內四處走動，開始回收內衣褲與衣服。她將衣物丟進洗衣籃，就那樣拿到盥

洗室。

雖然千佳對料理一竅不通，但似乎能順利完成其他家事。千佳的母親好像很忙碌，家裡卻非常乾淨整齊。她們應該多少會分攤家事吧。

「好……我也鼓起幹勁吧……」

由美子戴上事先準備好的橡膠手套，正視早已化為地獄的流理台。

千佳在房間與盥洗室之間來回，由美子淡然地打掃著廚房。

由美子好不容易將廚房這邊收拾乾淨時，千佳也將浴室那邊收拾完畢了。

「噯，佐藤。」

千佳拉了拉由美子的袖子，由美子面向那邊。

千佳的視線望向至今仍安靜沉睡著的朝加。

「我想洗床單。」

「啊……」

由美子明白她想說什麼。既然難得要打掃，不如做得徹底一點。

她也想整理一下不知是什麼時候清洗過的床鋪周圍吧。

窗外天氣晴朗。畢竟不清楚朝加何時才會起床，可以理解千佳想趁現在先把床單洗好晾

乾的心情。

非常能夠理解。

「把小朝加扔下床吧。」

「扔……等一下，跟我想的不一樣。」

千佳皺起眉頭，歪嘴發出唔唔的聲音。

「我是想問她是否差不多快起床了，或是能不能叫醒她。」

「就說不管做什麼，小朝加都不會醒來啦。姊姊，那邊的衣櫃裡有毯子，可以幫忙拿出來嗎？」

千佳似乎無法理解，但還是老實地拿了毯子過來。

由美子趁這段時間將床鋪周圍的東西移開。

因為有千佳幫忙打掃，房間裡多少清出了一些空間。

由美子一邊將千佳幫忙拿來的毯子鋪在地板上，一邊向千佳說道：

「渡邊，妳試著叫醒小朝加看看吧。」

「就這麼做吧。畢竟這樣子比較正常嘛。」

千佳立刻搖了搖朝加的身體。

千佳沒怎麼大聲喊叫，她用平穩的語調說道：

「朝加小姐，妳差不多該起床了吧。就快要中午嘍，朝加小姐。」

「…………………」

聲音真好聽。由美子不禁停下動作，聽得入迷了。

雖然她似乎沒有意識到，但夕暮夕陽的耳語聲實在很悅耳。她曾經一度在由美子耳邊低語，由美子還記得那聲音非常誘人，讓自己感到困惑。

能夠讓那個夕暮夕陽叫自己起床。

雖然對粉絲而言，這是宛如夢一般的光景……

「嗯嗯！」

「嗯嗯什麼呀……」

才心想朝加發出感覺很不高興的聲音，只見她把自己包在棉被裡。

那彷彿小孩子一般的行動，讓千佳只能感到傻眼。

由美子趁這段時間靠近到床鋪邊，一把抓住棉被。

「嘿咻——」

她一鼓作氣地將棉被翻過來，於是朝加似乎也無法抓住，朝加的身體咕嚕咕嚕地滾動。

就那樣掉落到床鋪下面。

但一著地在棉被上，她又順勢咕嚕咕嚕地把自己包起來。

然後化為一動也不動的蓑衣蟲。

「好了，渡邊。請妳趁現在動手吧。」

「呃，嗯……好是好啦……」

看到大人這般邋遢懶散的模樣，千佳靜靜地嘆了口氣。

「嗳，佐藤，已經沒有要洗的衣物了吧。」

「嗯，是啊。散落在房間裡跟堆在盥洗室的衣物，應該就是全部了吧？」

「是那樣沒錯吧。那我都晾完了……」

千佳比想像中更加俐落地處理好家事。但她來到由美子附近後，不知為何忽然停下了動作。

她慢慢地靠近這邊。

然後低頭看向由美子正在燉煮東西的鍋子。

「……妳在煮什麼？」

「肉醬。因為小朝加說她想吃。」

「哦……可是，量不會太多嗎？」

放在爐火上的鍋子，是這個家裡最大的尺寸。

是感覺幾乎沒用過的壓力鍋。如果當成一餐的話，這分量顯然有些多。

但答案很簡單。由美子指向堆在角落的保鮮盒。

「肉醬可以冷凍。只要先將一餐份的肉醬裝入保鮮盒裡，解凍之後再煮個義大利麵，馬上就能開動了。簡單又方便對吧。」

「哦。可是，簡單嗎？肉醬是沒問題，但義大利麵很難煮，又很費功夫，不是很累人嗎？我覺得沒有很方便。」

「……………」

這女人是說真的嗎？

看來在千佳內心，煮義大利麵似乎算是困難的事情。

「……現在有那種只要把義大利麵跟水裝進去，用微波爐加熱一下就能煮熟的容器。」

「是喔！原來有那麼方便的東西。如果可以全部用微波爐解決，的確很簡單也說不定呢。」

「嗯……對呀……」

不知為何感到有點悲傷。

至少今天讓她吃些熱騰騰又好吃的東西吧……

由美子獨自如此心想時，發現千佳一直待在原地沒離開。

她緩緩地將身體湊近過來。

儘管近到幾乎貼在一起，千佳看來也毫不在乎。

她一邊跟由美子緊貼著，一邊俯視鍋子裡的肉醬。

「感覺很好吃呢。」

「謝啦……我打算等小朝加起床，就把這個當午餐。」

「這樣啊。可是妳剛才不是在煮咖哩？我還以為今天的午餐是那個。」

「喔……那是冷凍用的，已經煮好了。妳比較想吃咖哩？」

「我都喜歡喔。不過，像這樣擺在眼前一看，感覺肉醬看起來好像比較好吃呢。」

「喔，這樣啊。那就好。」

「嗯。感覺很好吃呢。」

「……………………」

千佳這麼說完後，絲毫沒有要離開的意思。

她將身體緊緊地黏在由美子身旁，心無旁鶩地注視著肉醬。

「……………………」

由美子輕輕地拿起湯匙，舀起一匙肉醬。

她將那湯匙送到千佳嘴邊，千佳隨即張口含住。

「嗯。嗯。嗯。」

千佳一臉滿足地點了點頭，回去打掃了。

「至少也說句感想吧……」

由美子看著千佳如此嘀咕時，看見裡頭也有個東西在蠢動。她的視線望向那邊。

原本躺在地板上的棉被團動了起來。

朝加忽然從棉被裡探出了頭。

她一臉睡迷糊的表情，東張西望地環顧四周。

「小朝加，早——」

「早安，朝加小姐。」

兩人一起這麼搭話，於是那茫然的眼神看向這邊。

她暫時微微地歪著頭，滿臉疑惑的樣子，但之後像是理解了狀況似的發出「啊」的聲音。

「有好香的味道……房間變得好乾淨……有兩個聲音跟長相都很棒的女孩子……這樣啊，我工作到過勞死了啊……」

「小朝加的天堂規模也太寒酸了吧。好啦，去洗個臉。來吃午餐吧。」

「嗯！啊——小夜澄的料理果然很好吃。妳還幫我準備了冷凍的庫存對吧？真的很謝謝妳喔。實在幫了大忙呢。」

「不會不會。這是為了感謝妳嘛。別放在心上喔。」

「我家的烹飪用具已經只有小夜澄在使用了呢。」

「真希望小朝加的生活能力可以再稍微提升一點呢……姑且不提烹飪，房間不能再想辦法維持得整齊一點嗎？」

因為朝加起床了，她們決定暫且休息一下來吃午餐。

由美子煮的肉醬大受好評，朝加連連說了好幾次真好吃，千佳也一臉滿足似的吃著。看到她們吃得如此開心，由美子也覺得煮這鍋肉醬很值得了。

她們一邊談笑一邊繼續用餐。但吃到大概一半時，對話一度中斷了。

由美子決定在這時向朝加提出從以前就很想問清楚的事情。

她事前告訴過千佳會提起這個話題了。

「嗳，小朝加。可以問個問題嗎？」

「嗯？」

由美子這麼搭話，只見朝加正準備將義大利麵送入口中。

因為原本就是娃娃臉的緣故吧。朝加大快朵頤食物的模樣，看起來莫名像個小孩子。

「關於我們的廣播節目，我有事情想要問妳。」

「嗯。什麼事？」

「我們就按照那種感覺主持下去，真的沒問題嗎？」

「…………」

朝加的手停了下來。

她稍微瞇細的雙眼從由美子移到千佳身上，千佳點了點頭。

朝加沒有立刻回答，她用手指輕輕摩擦下巴。

明明直到剛才還露出像小孩子一般的面貌，但一打開開關，便切換成大人的表情。

然後這個問題似乎能讓朝加轉變成那種表情。

「雖然我不懂妳們對什麼感到不安。但我覺得那樣主持沒有問題喔。收聽數增加了、來信數量增加了，多到跟以前無法相比呢。畢竟成長幅度大到難以想像是原本決定腰斬的節目，我認為暫時就維持那樣也無妨。」

「雖然多少會強調一下個性，但明明幾乎只是用平常的態度在聊天耶？」

「就是這點受歡迎啊。而且該說是去上各種廣播的副產品嗎？我認為妳們有學到一些東西。妳們兩人都比之前有趣喔……明明如此，為什麼會像那樣子想呢？」

聽到朝加這麼問，由美子有些傷腦筋。她沒有自信能巧妙地用言語表達。

「……其實我從之前就一直覺得有一點疙瘩。」

契機是在後製錄音時乙女對自己說的話。

那時只是覺得有什麼東西而感到刺痛。

但在完成工作的時候，那種不協調感慢慢地愈來愈強烈。

開始覺得有一種疙瘩。

但是，就憑「總覺得內心有疙瘩」一句話，很難找加賀崎商量。由美子首先向千佳說

了。

因為由美子覺得如果千佳冷淡地回說「是妳多心了吧」，就能解決這個問題。

不過，千佳的回答卻是這樣。

『……雖然並非打算搭妳的順風車，但我可以理解那種心情。我也一直有一種好像有小小的尖刺扎在某處的感覺。儘管無法用言語表達那究竟是什麼。』

她似乎也一樣無法找成瀨商量。

所以才來聽朝加怎麼說。

自己們真的可以就這樣抱持著那種疙瘩，繼續主持廣播嗎？

她們想找出那個答案，也想知道疙瘩的真面目。

「哦……只要收聽率有提升，我是覺得那樣就好了吧。覺得有疙瘩……嗯。」

雖然很難用言語表達，但似乎傳遞給朝加了。

朝加露出難以言喻的表情，移開了視線。

雖然朝加好像不太能理解，但由美子她們稍微有了頭緒。

千佳開口詢問。

「那麼，朝加小姐。儘管妳說節目很受歡迎，但沒有收到批評的信件嗎？沒有收到寄給節目，誹謗中傷我們或節目的信件嗎？」

疙瘩的答案會不會就在否定的意見裡面呢？

千佳如此心想而詢問朝加，但她的表情不太明朗。

「當然不是完全沒收到啦。但無論哪個節目都會收到那種信喔？不是只有高中生廣播而已。而且那些信在增加的來信中也是極少數啦。」

「——我們想知道那些極少數的信件是怎樣的內容喔，小朝加。」

由美子這番話讓朝加閉上雙眼，發出「嗯——」的低鳴聲。

她用叉子叩咚地敲了一下盤子後，靜靜地述說起來。

「我是覺得妳們沒什麼必要知道……為了避免主持人有不好的感受，編劇會事先確認那些信件啦。即使不問我，妳們只要搜尋自己的名字，就會知道了吧？」

朝加的話非常合理。

網路上充斥著最直接的聲音，只要稍微搜尋一下，要看到多少意見都不是問題。

無論是誹謗中傷還任何批判。

但兩人沒這麼做是有原因的。

「加賀崎小姐禁止我搜尋關於自己的評價。」

「我也一樣。經紀人嚴格地吩咐我絕對不可以搜尋自己的名字。」

實際上，她們也認為那麼做是正確的。

至少在現狀搜尋自己的名字，很接近心靈的自殺行為。

不過，由美子她們的回答讓朝加驚訝地稍微瞠大眼。

「哦。妳們兩人都很了不起呢。我還以為那種事情不是能靠自制心忍受住的呢。」

「才不是什麼自制心喔。因為加賀崎小姐她說『妳要是搜尋了自己的名字，我看妳的態度馬上就知道了』。」

「成瀨小姐也是，那番話大概是真的。而且要是打破約定，那個人會露出非常悲傷的表情，我實在沒辦法那麼做。」

「所謂的經紀人還真是厲害呢……」

朝加一邊露出苦笑，一邊將義大利麵送進嘴裡。

「既然這樣，從我口中聽說，不是也會違反規定嗎？」

她咀嚼了一陣子後，用提不起勁的樣子開口說道：

「只是聽妳說的話，她們會原諒我們的啦。而且搜尋自己的名字看到最直接的意見，跟透過朝加請妳告訴我們，完全是兩回事喔。就算是我，依舊會害怕去搜尋自己的名字。」

「嗯，這倒也是啦……」

朝加一邊苦笑，一邊喝了口茶。

呼——她歇了一口氣後，緩緩地開口說道：

「——嗯，說得也是呢。跟其他節目的批評信件有些不太一樣哦，蘊含的熱度也很強烈。大多是『欺騙別人在先，竟然還有臉主持那種節目』這樣的內容，還有就是『反正這也是在假裝感情很差吧』或『之前那樣比較好』之類的內容。雖然批評信的數量很多，但這想必也是無可奈何的吧。」

朝加平淡地接著說道。

聽到她這番話的瞬間，突然強烈地感受到某種東西。是對於疙瘩的提示嗎？

然而由美子無法做出判斷。說不定只是聽到批判性的意見，身體下意識地擺出防衛姿勢而已。她無法肯定。

只不過，可以確定的是自己們的廣播果然存在著批判性的信件。

正因為一直遠離那些東西，一種昏暗的感情填滿了內心。

由美子一直覺得會有那種怨言。

經紀公司應該也有收到，只是加賀崎不打算提起。

由美子不會特地詢問這種事，加賀崎也不會說。

所以之前才能視若無睹。但實際上是這樣，現實就是這樣。

要承受這些果然還是太沉重。

由美子看向千佳，只見她緊緊閉上雙眼，低下了頭。

「……果然還是不要聽說這些比較好嗎？」

看到由美子與千佳的表情，朝加感到為難似的笑著。千佳低頭鞠躬。

「不，謝謝妳告訴我們。硬是要問妳真的很抱歉。」

「沒關係啦。這對妳們兩人是必要的過程對吧。我認為這種經驗也很重要喔。」

朝加吃完最後一口義大利麵後，再度伸手拿起茶杯。

她一邊將杯子送到嘴邊，同時小聲地說道：

「可是，如果是關於廣播的事情，我還以為妳們會找我商量關於打造形象的事，所以有點意外就是了。」

「咦？」

由美子猛然抬起頭。她目不轉睛地注視著朝加的臉。

「打造形象是指？」

「嗯？哎呀，妳們兩人都被吩咐要強調原本的個性對吧。我在想妳們會不會因為這樣，也有些地方在勉強自己……不對嗎？在旁邊看著的話會有那種感覺就是了。」

因為朝加說得實在太若無其事，由美子無法順利地做出反應。

強調新的形象。

由美子對這個方針沒有異議，也認為經紀人們說的話是正確的。

不過，要說有沒有在勉強自己。

「這……當然有時也會覺得好像要窒息啦。」

儘管有些結結巴巴，千佳仍表示肯定。

但她立刻補充說明。

「可……可是，我們只是在強調本性，也不像之前那樣完全在扮演不同人。明明如此，卻還有這種想法，是不是不太好……」

「而……而且，加賀崎小姐她們特意為了我們這麼努力喔，一點都沒有拋棄我們。明明如此——」

跟以前那種惹人憐愛的偶像聲優形象相比，現在這樣挺輕鬆的。而且因為現在是這種狀況，強調本性來打造形象，應該是最好的辦法。

不過，朝加笑了笑，很乾脆地帶過。

「不，也未必是那樣吧。無論是怎樣的狀況，都可以有『扮演這種形象好痛苦』的想法喔。妳們認為『明明加賀崎小姐她們這麼善待我們』的想法也很了不起，加賀崎小姐她們大概也是正確的，但那點跟這點是兩回事。感情是另一回事。妳們覺得這是奢侈的煩惱嗎？從我的角度來看，現在的小夜澄妳們感覺比之前還要痛苦呢。」

……她當真很乾脆地如此說道，然後還講了跟乙女一樣的話。

聽到她說現在這樣感覺比較痛苦，由美子不禁與千佳面面相覷。

千佳露出困惑的表情。恐怕自己也是一樣吧。

沒有立刻否定朝加的意見，是因為心裡有數。

簡直就像察覺到這點一樣，朝加流利地述說起來。

「雖然有很多聲優會把本性當成特色來強調啦。但要扮演明明是自己卻又不是自己的角色，我想應該會形成壓力喔。如果受到觀眾歡迎，就會被周圍的人要求扮演那種形象，但那

樣結果並不是自己對吧？儘管覺得莫名其妙，周圍追求的卻是那種莫名其妙的東西。就跟小夕陽說的一樣，感覺像要窒息是很正常的喔。」

那已經不是聲優的管轄範圍了呢——朝加這麼說，放下杯子。

明明是在展現本性，卻有種要窒息的感覺——這似乎不是什麼奇怪的事情。

雖然鬆了一口氣，但同時也產生了疑問。

「那麼，小朝加。如果有那樣的煩惱，該怎麼做才好呢……？」

對於由美子的問題，朝加又非常乾脆地回答了。

「看是要跟那種窒息感相處一輩子，或者乾脆死心，捨棄那種形象吧？」

結果，到了日落後才將房間整理乾淨。

明明是為了感謝朝加才去拜訪她的房間，晚餐卻讓她請客了。

在公寓前與朝加道別後，由美子跟千佳兩人一起走在夜晚的街道上。

由美子抬頭仰望夜空，只見天上掛著快要變圓的月亮。

車站前有許多人。她們一邊穿過人群縫隙一邊前進。

行人穿越道的紅綠燈亮起紅燈，她們停下腳步。

「嗚呃……」

最先注意到的是由美子。她的聲音讓千佳也注意到。

在行人穿越道的對面。

有幾個人正在等紅綠燈，其中有個面熟的人物。

雖然戴著口罩，但可以看出是誰。

她——柚日咲芽玖瑠也注意到這邊了。她一臉嫌麻煩似的皺起眉頭。

就算是再怎麼討厭的對象，依舊不能無視前輩。

即使變成了綠燈，由美子她們也沒有走過行人穿越道，而是等待芽玖瑠前來。

她絲毫不掩飾看來很不愉快的態度，一邊拿下口罩，一邊靠近兩人。

「辛苦了——」

「辛苦了。」

「啊～啊。碰到了討厭的傢伙們呢。」

芽玖瑠沒有回應招呼，一臉不快地如此說道。

千佳沒有理會她這番話，不帶感情地詢問：

「柚日咲小姐是工作嗎？」

「對。手遊的特別節目。」

她簡短地回答。這倒也是一番充滿緊張感的對話。

由美子心想這下不妙了。

朝加的家位於錄音室附近，有十足的可能在車站前碰見其他聲優。

但居然偏偏是碰到芽玖瑠。

她一臉懷疑地緊盯著由美子和千佳看。

「雖然不曉得為什麼穿著學校運動服……但妳們是去錄廣播？妳們還在舉行到其他節目寄生的活動嗎？」

那種說法讓人感到火大。由美子不禁回嘴。

「才不是。今天是去小朝加家喔。去幫她煮飯跟打掃等等。」

「啊，笨蛋。」

由美子這番話不知為何讓千佳慌張起來。

然後聽到這番話，芽玖瑠的氛圍瞬間一變。

「那是什麼意思啊。」

她面無表情地注視兩人，打從心底感到輕蔑似的說道。

「妳這話是認真的嗎？什麼呀，真是無藥可救。因為沒有工作，就去討編劇歡心？妳們沒有自尊嗎？那樣子該說是難為情嗎？感覺實在太丟臉了。」

看來似乎產生了嚴重的誤會。

但在由美子訂正前，芽玖瑠先一步接著說了下去。

「畢竟是要推銷人，討人喜歡是必要的吧。這工作就是靠人品在說話。但不應該去諂媚

別人吧。我還以為妳們已經很清楚就算靠諂媚接到工作，也無法長久這一點呢。」

她的聲音中蘊含著憤怒。

她一邊將視線從由美子和千佳身上移開，同時緊咬著嘴唇。

呃——該從哪邊說明起呢？

由美子思考著該說什麼來解開誤會，但芽玖瑠不等她回應，便露出嘲諷似的笑容。

「就是因為妳們做這種事，才會發生什麼陪睡醜聞啦。就算編劇是男的，妳們也會做出同樣的事情吧？我就是在說妳們這種警戒心不足的地方不配稱為職業聲優。還是說夕暮，要不要我幫妳拍照啊？妳很喜歡照片被傳到網路上吧？」

「——啊？」

「佐藤，算了啦。」

由美子火大地想上前理論，但千佳抓住她的手。

千佳維持那樣的姿勢，快速開口訂正。

「妳誤會了，柚日咲小姐。我們之所以去朝加小姐家，是因為被懷疑陪睡時給她添了很多麻煩，才去道歉和致謝的。並不是在打什麼算盤。」

「誰知道呢？」

芽玖瑠不屑地笑了笑。

不過，那種態度讓由美子忍不住想提出異議。

「……我覺得只是跟編劇一起玩一下，就那樣過度反應也不太好吧。」

她小聲嘀咕。

是覺得那麼說也對嗎？芽玖瑠露出看來有些尷尬的表情。

她輕輕搖了搖頭後，像是重新打起精神似的說道：

「……算啦，怎樣都無所謂。只不過，夕暮夕陽在休假時像這樣打混摸魚，實在讓人百感交集呢。我就盡可能認真地工作吧。」

芽玖瑠留下這種詛咒的話語後，便離開現場。

她說的話真的很過分。

讓人徹底地看到現實。

直到沒多久前，夕暮夕陽仍十分忙碌。倘若是假日，都會被派去參加芽玖瑠說的那種特別節目，活動和演唱會等工作。

她應該好一陣子沒有悠哉地度過假日了吧。

千佳嘆了一口氣後，就那樣邁出步伐。

由美子也一言不發地並肩在她身旁。

「佐藤。」

千佳依然面向著前方，小聲地如此低喃。

「什麼事？」

「聽起來大概像是在炫耀吧。但我一出道就立刻走紅了喔。」

「我知道。」

「當時真的很忙碌。光是要完成眼前的工作就竭盡全力，即使結束一項工作，依舊會有下個工作不斷冒出來。時間根本不夠用，甚至讓我感到焦躁。我不曉得想過幾次根本沒空去上學。」

這點由美子也知道。

在學校只要有時間，千佳便會進行在教室也能辦到的作業。

午休時她會到沒人會來的地方，一邊啃著三明治，一邊閱讀劇本。

但現在感覺她茫然地看著窗外的時間相當漫長。

「在忙碌的生活中，有很多工作上的煩惱。『接到了很難詮釋的角色。我能好好地飾演嗎？』『來了要唱歌的工作。想要上更多課程』、『沒能獲得想飾演的角色。下次一定要成功』、『有必要做偶像聲優的工作，甚至不惜欺騙粉絲嗎？』」

兩人穿過驗票口，在車站裡頭前進。

「雖然有很多要煩惱的事情，非常辛苦。但那些都是非常積極正面且幸福的煩惱呢。」

兩人來到月台，停下腳步。電車還沒來。

千佳抬頭仰望天空。

月亮朦朧地掛在天空上，千佳將手與月亮重疊起來。

「──現在的煩惱只有一個。我能夠繼續當聲優嗎？就只有這個煩惱而已。我每天都在苦惱這件事。要是在睡前思考這件事，就會害怕得睡不著。」

雲朵遮住月亮，月光消失無蹤。

千佳放下了手，貼在胸口。她深深地，深深地吐了口氣。

「好痛苦，感覺非常、非常痛苦。漆黑得彷彿深邃黑暗一般的感覺填滿胸口。內心充滿不安，腦袋好像要發狂一樣，但是又無可奈何。看不見未來居然是這麼──這麼難受的事情。」

「…………」

千佳這番話也都能套用在由美子身上。

有太多地方能夠產生共鳴。

彷彿落魄到在地上爬一般的悲慘境遇，對由美子而言是相當熟悉的光景。

千佳現在也墜入那種地方。

夕暮夕陽的身影對自己而言是一種憧憬。

所以由美子原本以為自己說不定會萌生「不想看到她這種模樣」的感情。

由美子注視千佳的側臉。

實際上卻不是那樣。從一開始就一直走紅的夕暮夕陽，只看著上面前進的夕暮夕陽，此刻正在體驗沾滿泥巴的感覺。

她現在才體驗到由美子一直抱持著的感情。

那讓人感覺到哀愁的側臉，甚至讓由美子感到憐愛。

沒錯喔。這就是我一直以來的感受喔。妳總算明白了嗎？

是覺得「妳能夠明白我的心情，我好高興」？

還是覺得「啊，妳終於明白這種心情了嗎」？

由美子已經不想去思考自己究竟抱持著怎樣的感情了。

自己現在居然抱有這種念頭。

這能對誰說得出口呢？

由美子也悄悄地抬頭仰望天空，逃避那樣的感情。

「就這層意義來說，我也是妳的前輩喔。第一年時我也覺得自己前進的道路看起來閃閃發亮，甚至不會感謝丟著不管也會找上門的工作，因為那曾經是理所當然的。」

「……啊，『塑膠女孩』。」

「嗯。除了動畫還有活動和演唱會，我們曾經是世界的主角。我認真地相信自己踏上了成功的軌道。我深信不疑地認為只要照這樣穩當地工作，成為傑出的聲優，不用多久就能飾演泡沫美少女吧。甚至會可憐紅不起來的同期，還自以為了不起地給建議，根本不曉得自己前進的道路居然如此脆弱。」

事到如今，真的成了笑話。自以為是也該有個限度。

在認清現實的現在，就連那種自負都成了令人懷念的回憶。

那個天真爛漫，抬頭仰望著閃亮世界的自己，在很早以前就消失無蹤了。

千佳說她對現在感到不安。

此刻自己們正共有著彷彿要吶喊出來般的不安。

「現在就連腳下都看不見。」

總是注視著漆黑谷底的感覺。

是否就連這種感覺也能產生共鳴呢？

BLUE CROWN Talent Profile

BLUE CROWN

柚日咲芽玖瑠

Mekuru Yubisaki

出生年月日：20××年3月15日

興趣：閱讀、觀賞動畫

負責人評論

「詞彙量非常豐富，穩定的主持功力也廣受好評，是年輕一輩中首屈一指的實力派聲優。擔任主要主持人的『柚日咲芽玖瑠的轉啊轉旋轉木馬』播出超過200回，至今仍受到觀眾熱烈支持。在突發活動中也能推動進展的潛力，讓身為負責人的我也驚嘆不已。雖然演出動畫的經驗還不多，但她能巧妙地飾演廣範圍的角色，從少女角色到妙齡女性都不成問題，還可以向您保證在舉辦活動的時候，她的外貌與談話技巧一定能幫忙炒熱作品。」

【電視動畫】

「十人偶像」主要角色（七夕星華）

「天堂就在那裡嗎？」次要女主角（神道奏）

「Twirite with⋯⋯」配角（康娜・路茱）

「不可能特異點」配角（姬嶋香音）

【廣播】

「柚日咲芽玖瑠的轉啊轉旋轉木馬」

「芽玖瑠與花火的我們是同期，有事嗎？」

「十偶廣播」

「週末來跟芽玖瑠廣播約會吧！」

「天堂就在那裡嗎？——這裡有廣播！」

SNS ID：×kurukuru-mekurun_bluecrowm

聯絡方式

藍王冠股份有限公司

TEL:00-0000-0000　MAIL:support001@bluecrown.voices

NOW ON AIR!! 第30回

「夕陽與……」

「夜澄的——」

「「高中生廣播——」」

「大家早安，我是夕暮夕陽。」

「大家早安～我是歌種夜澄。」

「這個節目是由碰巧就讀同一間高中，又剛好同班的我們兩人，將教室的氛圍傳遞給各位聽眾的廣播節目。」

「呃～前陣子的見面會，非常感謝大家來參加～」

「非常感謝各位。也收到很多感想信，等下會向大家介紹。」

「哎呀～雖然舉辦前一直挺提心吊膽的，但能夠收到溫暖的鼓勵，真的很開心。」

「真的。老實說，我原本以為應該會有幾個人被請出去。」

「不過沒有發生那種狀況，見面會能順利結束真是太好了。然後，嗯，怎麼說呢。關於在見面會結束後公開的影片和部落格文章。不知道收聽這個廣播的人是不是看過了呢？」

「如果有人還沒看，我和夜的推特有放網址，希望大家可以從那邊去確認一下。那就是我們的心情，還有接下來的事情。」

「嗯。關於那件事，確實也收到了許多來信。不過……」

「在這個廣播裡，我們想暫且先不提這件事情。」

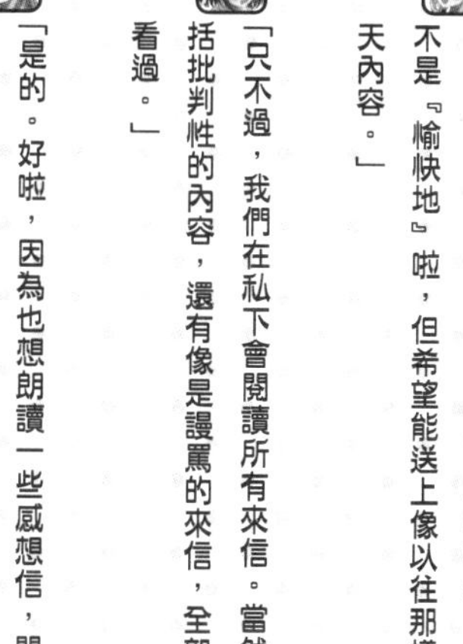

「是呀。在這個廣播裡，希望可以愉快地……可能不是『愉快地』啦，但希望能送上像以往那樣的聊天內容。」

「只不過，我們在私下會閱讀所有來信。當然也包括批判性的內容，還有像是謾罵的來信，全部都會看過。」

「是的。好啦，因為也想朗讀一些感想信，開場閒聊就到這邊結束吧。呃～那麼，今天也大家一起度過愉快的休息時間吧。」

「請各位直到放學後，都不要離開座位喔。」

to be continued……

「……姊姊，妳心情真好呢。」

「咦？這是當然的呀。很令人期待對吧。」

由美子看著在桌子邊端笑咪咪的乙女，覺得她真的很厲害。

今天是愛心塔的第二張單曲「櫻花色」的見面會。

ＣＤ附送報名券，抽中的人可以獲得見面會的入場券。因為場地規模並不大，中獎率似乎相當低。

這也是因為櫻並木乙女的人氣吧。

夕暮夕陽和歌種夜澄已經成了附屬品。

活動會場擺放著桌子，由美子她們並排站在桌子前。

從前面開始依序是乙女、千佳、由美子。

桌上放著各自的貼紙，她們會依序將那些貼紙遞給粉絲……就是這樣的活動。

從粉絲的角度來看，這是能跟喜歡的聲優在超近距離交談，非常美好的活動。

不過，從聲優的角度來看，負擔非常大。

聲優必須一邊在超近距離與粉絲接觸，同時做出他們期待的應對。

那種應對相當困難而且累人，所以由美子以前不怎麼擅長。

因為需要維持歌種夜澄的形象。

乙女可能不用擔心這些，但她的情況則是有其他問題。

乙女的粉絲非常熱情。

那股熱情對本人而言，未必是很舒服的東西吧。

倒不如說，要在近距離感受到那種熱情，老實說有點可怕。

不過，應當會被大量粉絲激烈地表達感情的乙女，卻一臉欣喜的樣子。

「因為很少有這種機會可以跟粉絲互相接觸吧？我好久沒參加這種活動了，所以很開心。好想早點跟粉絲聊天喔。哎呀～真令人期待呢！」

「……………………」

一旁的千佳彷彿覺得乙女很耀眼似的說不出話來。可以理解她的心情。人種相差太大了。

「嗯，畢竟姊姊很忙碌嘛……」

乙女無法參加這種活動，單純是因為她很忙碌。

無論是從經紀公司或粉絲的立場來看，與其在小規模場地裡讓少數人感到滿足，應該更希望她在大型活動中向許多人宣傳自己。這種活動的優先順序自然就降低了。

這場見面會也是請她硬擠出時間來參加的。

正因如此，才希望能安穩地讓這場活動成功……但也有些害怕。

「由美子，用不著緊張喔。照平常那樣就好，照平常那樣。」

不知是何時出現的，穿著工作人員外套的加賀崎拍了拍由美子的肩膀。

飄來淡淡的香菸味，讓由美子稍微鬆了口氣。

「我……我們也在旁邊待命！請……請妳們放心地與粉絲接觸吧！」

同樣穿上工作人員外套的成瀨緊緊地握住手。

由美子看向周圍。跟一般的見面會相比，安排的工作人員數量很多。

不能讓櫻並木乙女發生任何萬一……應該也包含這樣的顧慮吧。但這同時也是為了歌種夜澄與夕暮夕陽。

畢竟是在那種事件之後。

說不定會有人想提出抗議。

因此才安排許多工作人員鞏固周圍，牽制那樣的人。

他們在打造出「要是敢亂說話，知道會有什麼下場吧」這樣的氛圍。

讓乙女站在前面也是有用意的。這是期待經紀人們假設的「在櫻並木乙女面前實在無法謾罵叫囂」這種效果。

雖然加賀崎她們像這樣幫忙做了準備，但仍舊會感到不安。

自從發生那次事件後，還沒有跟粉絲如此接近過。

再加上還有其他擔心的事情。

「……加賀崎小姐，我果然還是用之前那種打扮比較好吧？」

「沒那回事吧。如果是現在這種形象，這副打扮就行了。我覺得很有由美子的風格，相當不錯喔。」

「…………」

雖然加賀崎這麼稱讚，由美子卻開心不起來。

今天的由美子化了比較濃的妝，頭髮也燙捲了。

服裝是露出肩膀的黑色運動衫，搭配附皮帶的丹寧褲。

感覺就是個外表花俏，故作成熟的高中生。

如果是平常的自己，這樣就行了。

不過，這不是粉絲們喜歡的打扮吧。

難得要出現在觀眾面前，穿上他們看了會覺得高興的衣服也無妨吧？由美子認為那也是一種粉絲福利。

她明白保護形象是很重要的，但果然還是會感到在意。

「…………」

聽到由美子與加賀崎的對話，千佳撥弄著瀏海。

這麼說似乎不太好，但千佳比由美子更糟糕。

不過千佳也梳理了一下長長的瀏海，讓人可以清楚看見她的容貌。

但她沒怎麼化妝，服裝也很樸素。

黑色長裙與灰色上衣，搭配米色開襟羊毛衫。也沒戴任何飾品。

感覺就是在班上也不起眼的低調女孩假日會作的打扮。

這身打扮並非不適合千佳，而且這種容貌對喜歡的人來說也能強烈地打動他們。

但夕暮夕陽不一樣。

她的臉蛋很漂亮。只要能盡情發揮那點，就能變身成耀眼又可愛的外貌。

還能靠化妝與服裝讓她變得比現在可愛好幾倍，讓看的人都不禁讚嘆。

封印這點不用，感覺實在太可惜了。

雖然說要保護形象的話，這麼做的確是最好的吧……

兩人的疙瘩並未獲得消除，活動便開始了。

然而，當活動真的開始後，「可能會有人說三道四」這樣的擔心，其實是杞人憂天。

「啊，謝謝你。咦，之前的演唱會？謝謝，我好高興！嗯嗯。啊，真的？我也非常喜歡那個……啊，再見嘍！謝謝你！」

乙女用彷彿會迷住所有人的笑容，看似愉快地與粉絲聊著天。

觀眾在後方排隊，滿心期待著來到乙女面前的一刻。

大家都心神不定地窺探前方狀況，好幾次確認著何時輪到自己。

然後真的來到乙女面前時，用緊張的表情開口說話。

乙女散發出溫馨的氛圍與惹人憐愛的笑容，極為自然地以恰到好處的輕鬆態度，禮貌地應對這樣的粉絲們。

這讓粉絲都為她神魂顛倒了。

他們帶著那種陶醉在美夢中的心情，接著來到夕陽與夜澄面前。

多虧了這樣，由美子和千佳並沒有特別被說什麼，反倒是替她們打氣和擔心的聲音比較多。

只不過，並非完全沒有問題。

「謝謝支持。是的，我會加油。」

千佳的應對十分平靜且平淡。

雖然控制在對方不會感到不快的程度，但態度絕對稱不上親切。

因為一旁的乙女太會給粉絲福利，兩人的差別更加引人注目。

不過，千佳也不是自己想這樣壓抑笑容的。

現在的她正努力克制自己不要表現出比原本的個性更強烈的感情。

對應如此淡薄，也是因為這個緣故。

而由美子的應對也變得有些僵硬。

「嗯，你之前也有來捧場吧？啊，對吧。我記得，我記得。嗯，謝謝你喔！」

開朗可愛活潑。用恰到好處的輕鬆態度與粉絲交流。

不拘小節且開朗的辣妹。

這是由美子原本的個性。實際上，開朗地與粉絲對話也很快樂。

由美子覺得自己在這方面的應對，比以前更能讓粉絲感到開心。

但是，由美子具備在母親的小酒吧培育出來的看人的眼光。

不是每個人都在追求特別開朗的對話，也有些人偏好聲音會靜靜滲入內心那種溫度感。

由美子能夠看穿誰是那種類型的人。

但她無法改變態度。

自己是開朗，不拘小節且可愛的辣妹。

要是輕聲細語地說話，感覺不太對勁吧——由美子如此心想，以辣妹形象為優先。

明明不是之前的歌種夜澄，卻要做這種事情。

明明是表現出原本的個性，卻感覺好像要窒息了一樣。

即使抱持著這種心情，只要時間經過，活動便會結束。

輪到最後一位觀眾了。

是這種活動很罕見的，單獨前來的女性觀眾。

她穿著深藏青色的連帽衣，底下搭配丹寧短褲與黑色絲襪。

她戴著彩色鏡片的眼鏡跟口罩，而且將黑色帽子的帽沿壓得很低。

雖然那模樣很像是不想暴露身分的藝人，但也有人覺得來參加這種活動很難為情，倒也

沒那麼奇怪。

儘管看不清楚長相，然而她的身材十分嬌小。說不定還只是個國中生。

假如她是瞞著父母偷偷來參加的，感覺會十分溫馨且可愛。

不過，由美子立刻知道那是誤會。

她精通這個世界。

「我非常喜歡小櫻！我也喜歡聽小櫻的廣播我每星期都會收聽如果能抽中票的話也想去參加公開錄音小櫻明明很忙還願意舉辦公開錄音真的讓我很開心下次的演唱會我也絕對不想錯過所以總之會努力多買幾張ＣＤ我一直很支持妳非常喜歡妳看到小櫻就讓我充滿活力一直以來都非常感謝妳！」

她用驚人的速度滔滔不絕地對乙女說道。

這種活動有時間限制。在聲優面前只能待幾秒鐘，要是超過時間還賴著不走，就會被俗稱「拉人走」的工作人員如同字面一般被拉走。

她充分利用時間將自己的心意傳達出來。

乙女儘管有一瞬間不知所措，但立刻燦爛地露出笑容，向對方道謝。

她也對接在後面的千佳同樣快速地述說自己的心意。

「真厲害呢……」

由美子不禁如此低喃。

那股熱情不用說，能夠聽清楚她在說什麼這點實在很厲害。

在這種活動中，大多會聽不懂講話很快的人在說什麼。這是因為他們太過激動的緣故。

不過她的咬字非常清晰，即使說話速度很快，也很容易聽清楚內容。

配上她的樣貌，正當由美子心想「是個罕見的女孩呢」時，她通過千佳，也來到由美子面前。

「能夠見到夜夜我非常開心我從膠女時期就非常喜歡妳我的推角是小萬我還買了很多周邊也真的很喜歡妳的歌聲我也聽了很多角色歌曲能夠透過愛心塔聽到妳的歌聲真的很開心夜夜在紫色天空下的演技非常精彩我好喜歡妳！」

她氣勢十足地如此說道。

由美子覺得她能在這種活動中用同樣的熱情對所有聲優表達支持，真的很厲害。

由美子純粹地感到開心。而且因為是女性粉絲，無論如何都會想給她特別待遇。

都是最後一個人了，多聊一會兒也沒關係吧——由美子如此心想，開口向對方搭話，不去在意時間。

「真的很謝謝妳！我非常開心！希望妳今後也能繼續支持～方便的話，下次再來見我們喔。我會等妳的。」

由美子大方地露齒笑，向她這麼傳達。

於是接過貼紙的她露出嚇了一跳的表情。

她連耳朵都羞紅起來，不停眨著眼睛。真是個可愛的粉絲呢——由美子不禁笑了。

不過，她在這時浮現意外的表情。

她露出了有些寂寞的表情。即使隔著口罩，也能清楚地看出來。

「我非常喜歡夜夜。可是，再也見不到那個夜夜，感覺有點寂寞。」

只有這句話像是用擠出來的聲音。

這似乎不是她有意要說的話，她立刻猛然一驚，低頭道歉。

「對……對不起，我不打算說這種話的……！不好意思，我告辭了。」

她就那樣打算掉頭離開。

「等一下。」

不過，回過神時，由美子已經抓住她的手臂。

周圍的人們嚇了一跳。被抓住的女孩子也是。

但由美子管不了那麼多了。

感覺她的話語讓某個東西啪哩一聲地炸開了。

「妳剛才說覺得寂寞？說再也見不到？」

那番話讓由美子無法不去在意。

感覺總算可以搞清楚些什麼了。

感覺好像找到了一直在尋找的答案。

以乙女的話為契機，一直殘留在內心的疙瘩。

感覺原本曖昧不明的疑問，因為她的聲音開始有了輪廓。

但女孩並不知道這些事情。

她動搖起來，用手指貼著嘴邊，很明顯地感到為難。

「呃，那個，對……對不起，我並沒有……並沒有那個意思……」

她是否以為由美子生氣了呢？

她不知所措地注視著被抓住的手。

可以看到周遭的工作人員發現情況不對，正靠近這邊。

這種狀況並不好。不過，希望可以從這女孩身上再稍微獲得一點提示。

由美子拚命地注視她的臉，在腦海中重複著「得想點辦法，得想點辦法」。

這時由美子察覺到了。

察覺到其他非常驚人的事實。

「──────柚日咲小姐？」

話語從自己的嘴中脫口而出。

那一瞬間，女孩的眼眸驚訝地瞠大。

她的臉色從臉紅變成發青。

隔著彩色鏡片的眼睛、從帽子底下露出的頭髮、用連帽衣覆蓋住的纖細身體。她拚命地想隱藏身分，氛圍也明顯地跟平常不同，還換了個聲音。

如果只有交談幾秒鐘，是無法察覺到的。

但像這樣在近距離仔細觀察的話，就能看出她是誰。

她慌張地想遠離由美子。但由美子的手立刻更加用力握住，不放她走。

瞬間，她露出快哭的表情。她微微地搖了搖頭，像在懇求似的出聲說道：

「放……放開我！請放開我！」

她的反應讓由美子確信。

她就是柚日咲芽玖瑠。

為何芽玖瑠會在這種地方？

雖然不知道原因，但這點現在並不重要。總之不能放開她。

然而也不能一直抓著她。

從芽玖瑠特地變裝，還有現在也很想逃離現場這點來看，她顯然不想讓周圍發現她的身分。既然如此，就只能利用這點了。

「……我只是想聽妳怎麼說，希望妳能告訴我一些事情。妳知道這個會場的最上層樓有一間咖啡廳嗎？請妳在那裡等我。」

「為──為……為什麼我得……！」

「被其他人發現妳的真實身分也沒關係嗎？柚日咲小姐。」

「…………！」

她的表情轉變成羞恥的色彩。她看似懊惱地皺起眉頭，瞪著這邊看。

不過她沒有拒絕。由美子當作她同意了自己的要求，很快地放開了手。

工作人員看著這邊，一臉想問「發生什麼事？」的表情。由美子面露笑容，對工作人員揮了揮手。

「不好意思。因為我非常喜歡她的帽子，忍不住問了一下品牌。」

周圍有多少人相信這隨口說說的藉口呢？

快步離開的芽玖瑠與一旁驚愕不已的千佳，是抱著怎樣的心情在聽著呢？

「那女孩真的是柚日咲小姐？妳認真的？」

「我非常認真啊。妳就在我隔壁，應該也看到她的反應了吧。」

匆匆忙忙地結束活動後，由美子與千佳來到活動會場的最上層樓，快步地在那樓層中前進著。

這個會場包含許多商業設施，最上層樓有很多間餐飲店。

前往咖啡廳的只有由美子與千佳。

由美子向千佳說明了原因，但什麼也沒告訴乙女。

雖然有種罪惡感，但芽玖瑠大概絕對不想被乙女知道這件事吧。

而且乙女立刻就趕去下個工作了。

反正千佳都在旁邊聽見了，接下來要談的話題也跟千佳有關係。

「假如那女孩真的是柚日咲小姐……她為何會來我們的見面會呢？」

走在後面的千佳似乎仍無法掌握狀況。

「來參加見面會的人，大家都一樣吧。都是我們的粉絲。」

「那怎麼可能啊……妳已經忘記柚日咲小姐對妳說了多少過分的話嗎？」

「那個跟這個是兩回事。我一直覺得很奇怪。柚日咲小姐未免太清楚我們的事情。我一開始以為她只是工作認真而已。但要說是那樣，那種知識量也太奇怪了。那個人對我們的廣播耳熟能詳喔？連引起負面爭議前的內容都很清楚。從她提到去對方家過夜的話題時起，我就覺得有點不對勁了。只是邀請來賓上節目，會儲備這麼深入的知識嗎？」

這個疑問會變得更加強烈，是因為她並沒有在劇本上標註多少備忘錄。

收集了大量情報，而且牢牢地記得那些內容，能夠流暢地用言語表達。

這樣根本就是粉絲了吧。

只不過即使如此說明，千佳仍然半信半疑。

看到芽玖瑠縮起身體坐在咖啡廳角落的桌子前，千佳似乎才總算接受了事實。

「我大吃一驚。」

「嗯。」

「柚日咲小姐哭得很厲害耶。」

「嗯……」

沒錯。

芽玖瑠按照指示，來到由美子指定的這間店。

但她的眼淚撲簌簌地掉個不停。

她縮起肩膀坐在裡頭的座位，把帽子、口罩和眼鏡都放在桌上，只是哭個不停。

如果是周圍看得見的座位，應該會有人上前關心吧。

就是那種程度的嚎啕大哭。

「……妳為什麼哭成這樣子啊？柚日咲小姐。」

由美子開口搭話，於是她狠狠地瞪著這邊看，這期間淚水也一直掉落。

「糟透了，糟透了啊……！明明不想被任何人知道，居然偏偏被妳們發現……居然會受到這樣的恥辱……！還不如死掉算了……！」

她這麼說。

她的變裝技術爐火純青，而且平常也絲毫沒有表現出自己是粉絲的態度。明明那麼拚命地隱瞞，卻被自己不斷挑釁的後輩發現了真實身分。那樣當然會想哭吧。

芽玖瑠一邊嗚嗚地流著鼻涕，同時開口說道：

「該怎麼做……妳們才願意保密……？下跪的話妳們願意原諒我嗎……？只要我全裸下跪，為一直以來的事情道歉，妳們就願意幫忙保密嗎……？」

「也太沉重……呃，我們看起來像是那麼殘忍的人嗎？」

「像……」

「果然還是請妳全裸下跪好嗎……」

「拜託不要拍照……」

「就說妳這樣很沉重啦……」

總之，由美子與千佳兩人在她對面坐下。

一直保持沉默的千佳戰戰兢兢地詢問芽玖瑠。

「那個，柚日咲小姐……我仍有些半信半疑……柚日咲小姐真的是我們的粉絲嗎？」

「……………」

這個問題讓芽玖瑠的眼淚止住了。

她轉眼間變得滿臉通紅，視線左右徘徊。

「沒錯……我超級喜歡妳們……這次的見面會能抽中，我真的很開心……雖然有工作，但奇蹟似的趕上了時間……」

她小聲地如此說道。

感到動搖的千佳開口回應。

「請……請等一下。可是，柚日咲小姐，妳之前對我們勃然大怒不是嗎？那是怎麼一回事呀？」

「……那也是真的在生氣。我真的是妳們的粉絲，但也真的很生氣。我認真地感到火大。」

是哭了一陣子後冷靜下來了嗎？她的聲音停止了顫抖。

雖然還沒有恢復到像平常那樣，但她似乎多少放鬆了下來。她平淡地說道：

「我身為柚日咲芽玖瑠、身為前輩聲優，無法原諒妳們那種行動。我實在火大到不行。同樣身為女性聲優，我非常討厭妳們，所以才想對妳們說幾句，被迫幫妳們擦屁股也讓我覺得別開玩笑了。我現在也覺得妳們那樣的行動很不妥當。」

她斬釘截鐵地這麼斷言。芽玖瑠的話沒有一絲猶豫。

這反倒讓千佳露出了懷疑的眼神。

「……能夠劃分得那麼清楚嗎？明明其實很喜歡，在工作上卻很討厭。」

「如果是工作上碰到的人，就算討厭對方，夕暮妳也不會表現出來吧。只是把那種情況反過來而已。我想把工作和私生活分開。我不想把工作帶到私生活裡，反過來也一樣。我只是這點比別人區分得更清楚而已。」

她流暢地說明。從那自然的語調中，可以感受到她所言不假。

由美子覺得芽玖瑠對工作非常嚴謹。

那是正確的。她公私分明的程度也超乎想像。

話雖如此，也不是沒有可疑的部分。

「柚日咲小姐，妳是不是還另外隱瞞了什麼？我可以理解妳想把工作與私生活分開，但感覺有些過度呢。妳看起來像是努力在對人築起高牆。」

由美子從之前就感受到有一道高牆。

不過，要說是想公私分明的堅持，她築起的高牆實在過於厚重。

芽玖瑠「唔」一聲地說不出話。

她維持那樣的姿勢僵硬了一陣子，最後像是放棄掙扎似的緩緩開口說道：

「……因為我是過於喜歡聲優，才跑來當聲優的那種人。從以前就一直喜歡的聲優不用說，也有成為聲優後才喜歡上的人。原本的我只是個聲優宅。然後，傷腦筋的是即使自己成了聲優，對於喜歡的人抱持的好感和嚮往依然沒有改變。」

「……？」

那跟她築起高牆有什麼關係嗎？

像芽玖瑠這類的人並不稀奇。

原本就喜歡聲優，因為嚮往而成為聲優的人多得不得了。

如果自己從事相同的職業，而能見到崇拜的人，一般應該會覺得開心不是嗎？

但芽玖瑠漲紅了臉，像要吶喊似的開口說道：

「我的心情依然是個粉絲啊！喜歡到無法自拔！妳覺得鐵粉在偶像本人面前能保持正常嗎？雖然對方因為是工作夥伴而會友善地向自己搭話，但我可是很傷腦筋喔！不築起高牆的話，根本沒辦法忍耐吧！」

她如此大力主張。

是那樣子嗎……由美子也有很喜歡的聲優和崇拜的聲優，如果能見到面，會率先去傳達自己的心意。由美子想要跟對方變成朋友，而且大多也能成為朋友。

雖然這樣的由美子無法理解，但千佳她——

「我有點懂。」

點頭表示肯定。她似乎可以理解。

「啊——根本不想被人知道這種事，不想讓人看到這種弱點。而且偏偏還是被妳們發現。我明明很小心留意的……也有好好變裝……」

芽玖瑠抱頭苦惱。

看到她那模樣，千佳用有些疑惑的眼神看向由美子。

「……為何佐藤會看出來？我根本無法看穿她的變裝。」

「喔……要是沒有仔細盯著看，我也不會發現喔。還有就是……我想想。因為從平常就覺得柚日咲小姐的發言有讓我掛心的部分。」

由美子認為這點是很大的差別。

由美子原本就覺得不太對勁，只是那種感覺剛好連接到這次的答案而已。情報的點跟點連成了線。倘若沒有這個提示，自己也無法察覺到。

芽玖瑠跟自己很像。

有喜歡的聲優，但在私生活很討厭那傢伙。

明明看不順眼，喜歡的心情卻會突然流洩出來。那種心情有時也會不小心傳遞給對方。但平常會拚命地隱瞞，避免那種情況發生。

由美子有那樣的經驗。

然後也有被人對自己抱持同樣心情的經驗。

「…………？」

由美子不禁目不轉睛地注視著千佳，於是千佳一臉疑惑地微微歪了歪頭。

由美子揮了揮手，表示沒什麼。

她覺得想了這種事的自己很難為情，硬是將思考拉回來。

她想將剛才的想法蒙混過去，把矛頭轉向了芽玖瑠。

「話說回來，小玖瑠。」

「別叫我小玖瑠啦。」

「原來妳也那麼喜歡乙女姊姊啊。妳超級熱情地對姊姊說了很多話呢。」

由美子這番話讓芽玖瑠猛然漲紅了臉。她就那樣小聲地低喃起來。

「因為……小櫻非常忙碌，已經不會再舉辦那種活動了。畢竟很少有機會能跟她說到話，會變成那樣也難怪啦。」

「不，有很多機會可以說話吧。妳們之前也一起工作了對吧。」

「雖然忙碌是好事啦……但到第二年為止，還能在簽名會和握手會上跟她說話，所以該說現在這樣果然有點寂寞嗎？感覺她好像到了遠方……不，我很清楚喔！哪有什麼遠不遠的，打從一開始她就不在身旁吧。雖然明白這一點啦……！」

「不，妳們距離超級近的吧，因為是工作夥伴啊。妳們又是同期，很平常地一起去吃飯就好啦。」

「吃……吃飯？辦……辦不到辦不到辦不到辦不到！妳在說什麼呀？」

「我才想問柚日咲小姐在說什麼呢？」

「不……不用啦，不用那樣子。我也不打算跟其他聲優交流。我有花火陪伴……只要有一個經紀公司的同期陪我，那樣就行了。」

在三人進行著這樣的對話時，店員來詢問點餐了。

似乎是因為三人一直沒有點餐，店員才會前來詢問。

三人隨便點了些飲料後，千佳拉了拉由美子的袖子。

「佐藤，差不多了吧。」

她的意思是差不多該進入正題了吧。

之所以來這裡，是因為有事情想詢問芽玖瑠。

但在詢問那件事前，必須先好好確認一次才行。

「呃，柚日咲小姐。雖然確認這種事情也很怪，但柚日咲小姐也算是我的粉絲沒錯吧？」

儘管是為了保險起見才這麼問，然而芽玖瑠縮起了肩膀。

「是的……我從膠女那時就很喜歡妳……我最支持的角色是小萬，之後就深深迷上……我很喜歡妳第一話時還不習慣角色聲音，摻雜著原本聲音與角色聲音的演技……」

「別說了。我會想死。呃，真的別說了。妳那樣真的是喜歡我嗎……？」

「真的喜歡啦……無論是推特、部落格，還是廣播我都會關注，能參加的活動也都會參加。也去了膠女的演唱會……在小萬的個人單曲後，看到妳在串場的談話時間講出決勝台詞，我忍不住哭出來了……哭得很厲害……現在也是光是回想起來就快哭了……」

「啊……妳真的很喜歡我呢……」

看到芽玖瑠感觸良深地這麼說，由美子心想她真的是粉絲。見面會時說的那些話，也是她的真心話吧。

這時由美子忽然想到一件事。她清了清喉嚨後，開口說道：

「嗯，嗯嗯……『但是可是，我是不會原諒那種行為的！』」

「呀啊——————！」

由美子非常認真地講出萬壽菊的決勝台詞，於是芽玖瑠發出哀號。

她猛然一驚，滿臉通紅地拍打桌子。

「別突然這樣啦，我說真的！這樣很惡質喔！」

她是真的在生氣。原本只是打算揶揄她一下，但這樣的惡作劇或許有些過頭了。

而且話題也扯遠了。

由美子看向旁邊，心想千佳說不定也生氣了。只見她目不轉睛地看著這邊。

但樣子有點奇怪。她的眼神像在發呆。

明明看著這邊的臉，卻沒有要說話的意思。

「渡邊？」

「……啊。沒……沒事，沒什麼。不過，透過剛才的對話，可以知道柚日咲小姐確實是妳的粉絲呢。」

就連千佳都滿臉通紅地如此說道。

儘管心想這傢伙為什麼要臉紅啊？由美子仍繼續說道：

「柚日咲小姐，請妳來這裡是因為有事情想要問妳。」

聲音的溫度自然地改變了。表情嚴肅起來。氣氛也跟著受到影響。

是察覺到這種氛圍嗎？表情從芽玖瑠臉上消失了。

感覺有一點緊張。由美子自覺到手在冒汗，同時開口說道：

「妳在剛才的見面會這麼對我說了吧。說覺得寂寞。說再也見不到那個夜夜了。希望妳可以告訴我那些話的意思。」

「……………………」

芽玖瑠瞇細雙眼。她沒有立刻回答，現場充斥著沉默。

這個問題的答案，一定是內心那種疙瘩的真面目。

自己們就照這樣下去真的好嗎？只是換個新形象就好嗎？

由美子一直在思考這些問題。

這是針對那些問題的答案。

這時店員走了過來，送上三人份的咖啡後離開了。

這段期間三人都一言不發。

芽玖瑠拿起咖啡，稍微含了一口後，緩緩地開始說道。

「──意思就跟字面上一樣啊。我從出道當時就很喜歡夜夜，也很喜歡夕姬。可是，我喜歡上的是活潑又可愛地在說話的歌種夜澄，還有以清純的感覺溫和地說話的夕暮夕陽。不是現在這兩個人。」

她如此斷言。

做出回應的是千佳。

「可是，柚日咲小姐。柚日咲小姐應該早就知道我──夕暮夕陽私底下的另一面吧？明

明如此，妳卻喜歡那種形象嗎？」

「有另一面又怎麼樣啊？」

她哼了一聲，露出看似諷刺的笑容。

「有另一面是理所當然的吧。聲優在媒體上露面時，多少都會裝模作樣。我也是這樣，而且周圍也一樣。我喜歡的不是身為經紀公司後輩的妳，而是螢幕另一頭的夕暮夕陽。」

芽玖瑠流暢地說道。

她將視線從這邊移開，幾乎像在述說回憶似的回答。

她的表情逐漸扭曲起來。她看似難受地小聲接著說道：

「那個陪睡嫌疑事件爆出來的時候，我的胸口彷彿要裂開一般。夕姬不可能做那種事，可是，為什麼，該不會——像這樣胡思亂想時真的很難受。然而，那些都是誤會，事情圓滿落幕——我原本這麼以為。但對我來說完全不是那麼回事喔。」

芽玖瑠放下杯子，筆直地注視這邊。

她的眼眸充滿悲傷的色彩。

「那之後，妳們決定用原本的面貌來當聲優對吧。實際上，妳們的廣播也因此很受歡迎，經紀公司也決定採用這個方針。妳們很努力地想讓形象煥然一新，想重新開始。但是，那樣到底算什麼啊？」

她的聲音有些顫抖。

芽玫瑠露出悲痛的表情，用有些激動的聲音述說。

「那樣的話，喜歡之前那兩人的粉絲該何去何從？我的心情該何去何從？我知道那種方法是最好的。可是，這不是用道理可以解釋的！喜歡的兩個聲優突然消失不見，換成不同人物站上她們的位置，就是這種感覺。那樣——怎麼可能不覺得寂寞呢。根本無法劃分開來吧……無論是身為聲優，還是身為粉絲——我都最討厭妳們。」

芽玫瑠這麼述說的臉龐，的確是粉絲的表情。

正因為一直很認真地支持，才會感受到的鬱悶。確實會萌生的失落感。

他們突然被迫接受這些。

而且因為那種形象莫名受到歡迎，他們也很難開口抱怨吧。

因為會顧慮到喜歡的對象，他們應該更加難受吧。

將這種心情掩蓋起來，內心產生疙瘩，儘管如此仍無法劃分開來，注視已經變成別人的兩人。

那究竟是怎樣的心情呢？

——感覺總算找到了答案。

說得難聽點，現在這種做法是捨棄了像芽玫瑠這種從以前就一直支持的粉絲……自己們難道不是對這點感到疑問嗎？

芽玫瑠看似寂寞地低下頭。

由美子和千佳已經無話可說。

見面會結束後的那天晚上。

由美子與千佳來到平常錄製廣播的錄音室。

她們在沒人的會議室裡等待時，在等的人靜靜地到來了。

「久等了。」

是朝加。她抱著一疊紙張進入會議室。

「對不起喔，小朝加。老是說些無理的要求。」

由美子這麼道歉，於是朝加輕輕揮了揮手。

然後將那疊紙張放在由美子她們面前。

「好。這就是妳們拜託我印出來的信件。我想這些大概就是全部了。」

「謝謝妳，朝加小姐。提出這種無理要求，真的很抱歉。」

「只是列印出來而已，這沒什麼啦。但我不怎麼推薦看這些信喔。雖然現在說這些大概也沒用吧。」

朝加露出擔心的表情。那一定是她的真心話吧。

由美子將那疊紙張拉了過來，平分成兩份。

然後將其中一份交給千佳。
「嗯，謝謝妳。但我們無論如何都想先知道一下。」
聽完芽玖瑠怎麼說後，由美子她們首先聯絡了朝加。
她們拜託朝加把寄給高中生廣播的信件列印出來。
那些是朝加特地省略掉的信件，絕對不會拿給主持人看的東西。
是充滿批判的信件。
那些信原本應該會由編劇扔到垃圾桶裡處理掉。
但由美子她們決定撿起那些信。
像芽玖瑠那樣從以前就一直支持的粉絲，究竟是怎樣的心情呢？
兩人認為自己有義務知道那些。
「唔……」
話雖如此，但那絕對不是什麼看了會心情好的信。
閱讀內容的瞬間，胸口騷動起來。
有一種鮮血滴落到腳下的感覺。呼吸變淺。忍不住皺起眉頭。
文字的排列居然能讓人感覺如此不舒服嗎？
髒話。謾罵。誹謗中傷。
竟然欺騙我們，對妳們太失望了，別當聲優啦，哭著道歉吧，別開玩笑了，去死，消失吧。

一想到這些話都是衝著自己們來，就害怕得不得了。

「佐藤。這個。」

就在由美子感到頭暈目眩時，千佳將一封信遞過來。

上面寫的內容是無論如何都無法喜歡上現在這個節目之類的話。

他說自己是從節目初期就開始收聽的聽眾，喜歡兩人那種柔和又可愛的交流。

那些都是謊言一事讓他很難受，看到現在這樣互相挑釁的兩人也很難受。

自己喜歡的兩人已經不存在於任何地方了。他再也不會收聽節目。謝謝兩人一直以來帶給他的歡樂。

大概是這樣的內容。

「化名從二樓點藥同學……是之前每星期都會寄信來的人。還在想最近都沒看到他的名字，原來他已經沒在收聽了嗎……」

這個事實讓胸口痛苦起來。

儘管內容有些差異，但這類信件也不少。

喜歡之前的兩人。

現在的兩人不是自己以前喜歡的人們。

好寂寞。好悲傷。

跟芽玖瑠抱持同樣心情的人們確實存在著。

呼……由美子大大地吐了口氣後，放下最後一封信。

「滿意了嗎？」

朝加溫柔地詢問。

她一直在旁靜靜地等待兩人看完信件。

「嗯，謝謝妳。呃，小朝加。雖然很不好意思，但可以再拜託妳一件事嗎？」

「什麼事？」

「希望妳幫我們拍影片。我們想要兩人一起向粉絲傳達一些訊息。」

由美子這麼說，於是朝加大吃一驚。

她至今明明一直露出溫和的表情，現在卻明顯地轉變成為難的表情。

「呃……是說像之前小夜澄弄的那種直播嗎？那次讓經紀公司大發雷霆了對吧？別再那樣做比較好吧？」

「沒問題的。這次是影片而不是現場直播，我們也會好好地請兩邊經紀人確認影片內容，等她們表示ＯＫ才公開。」

千佳的回答讓朝加露出鬆了口氣的表情。

「既然是這樣——」她答應了兩人的請求。

因為不是當作節目在拍攝，所以也用不著租借錄音間。

三人決定直接在這間會議室錄影。

由美子排好椅子，跟千佳並肩而坐。然後請朝加用手機幫忙拍攝。

朝加架好手機後，響起了叮咚的電子聲響。

「我是夕暮夕陽。」

「我是歌種夜澄。」

「今天是有些話想告訴從以前就一直支持我們的人們，才會像這樣拍攝影片——」

「之前有曾經是粉絲的人對我們說了一些話。他說自己喜歡的是以前的我們，而不是現在的我們。看到現在的我們，就好像以前喜歡的聲優不見了一樣，感覺很寂寞——」

「我們之前並沒有考慮到那麼多，想必傷害了從以前就一直喜歡我們的人們。明明你們一直支持我們到現在，我們卻把你們當成不曾存在過。我們想為了這件事道歉，才拍攝這部影片——」

兩人並非原本就決定好要說的話。

沒有劇本也沒有大字報。

結結巴巴的說話方式大概跟平常天差地遠。

但是，兩人只是專注地將她們想傳達的事情化為言語。

「真的很對不起。」

兩人一起深深地低頭鞠躬。

總之她們想要道歉。

明明有些粉絲一直默默支持，卻因為自己們任性的行動讓他們感到寂寞，背叛了他們，把他們當成不存在一般。

兩人直率地將這些心情全部表達出來。

拍攝在這邊結束了。

但就算朝加放下手機，千佳仍然沒有要動的意思。

她一臉憂鬱的表情，茫然地俯視地板。

「怎麼了嗎？」

「……沒事。只是重新體認到我欺騙了他們這件事。」

她像在自言自語似的說道。

由美子也並非是個不誠實的人，但千佳比她更加在意粉絲。千佳一直覺得欺騙粉絲讓她良心不安。她無論何時都對聲優這份工作非常直率且真摯。

正因如此，才會特別有感觸也說不定。

由美子將視線從千佳身上移開，從朝加手中接過手機。

「謝謝妳，小朝加……還有啊。我們打算不要再用現在這種感覺來打造形象了。我們想跟加賀崎小姐她們傳達這件事。」

朝加沒有特別驚訝。

「這樣啊。既然是妳們兩人那麼決定的，那樣也不錯吧。」

「……雖然也會覺得加賀崎小姐她們好不容易幫忙想了辦法，我們卻選了輕鬆的道路逃避。」

儘管想要放棄打造形象，但在這方面還是會感到內疚。

也會覺得結果自己只是想找個理由過得輕鬆點吧？

這麼做會違背經紀人的方針，也很難說是職業聲優該有的樣子吧。

不過，朝加笑著說了聲「哎呀」。

「『不打造形象』這條路並不輕鬆喔。也是有什麼都不想地去維持包裝出來的形象會輕鬆很多的狀況。你們是考慮到粉絲的心情，想這麼做對吧。經紀人她們也會明白的。」

朝加若無其事地用溫柔的話語安慰兩人。這番話出乎兩人的意料。

實在敵不過小朝加呢——由美子露出苦笑。

只不過，儘管還背負著問題，由美子的視野仍變得開闊起來。

已經知道讓自己們感到煩惱的事情是什麼了。

總算能夠理解接下來該做什麼事。

知道方向的話，只要沿著道路前進就行。

就算只是應該前進的道路變得明亮起來而已，心情依舊會輕鬆不少。

接下來再次好好努力吧——正當由美子這麼想時，千佳發出聲音。

「咦……？」

她的聲音充滿驚訝，用一臉不安的表情注視著手機。

由美子在思考之前先開口詢問了。

「發生什麼事了？」

「不知道。但我媽傳了訊息給我。那內容好像，有一點——」

千佳吞吞吐吐，眼睛一直盯著手機螢幕。

她停頓了一會兒後，感覺難以啟齒似的開口說道：

「我事前聯絡了我媽，告訴她我要繞到錄音室一趟，所以今天會比較晚回家。結果現在我媽說她要來接我。她說我們就那樣直接到經紀公司一趟……她說有事情要跟經紀公司商量，是關於我今後的事。」

……那番話確實會讓人感到不安。

千佳的母親反對千佳從事聲優活動。

那樣的她專程要前往經紀公司，究竟有什麼事情呢？

千佳的不安也傳染給由美子，彼此都說不出任何話，只有時間不斷流逝。

夕暮夕陽的部落格更新了。

「——誠懇地拜託大家。」

「請不要再跑來我的學校了。」

由美子跟千佳一起離開錄音室。

這一帶的太陽已經完全下山，行人也比白天少。

陰沉的天空也看不見月亮。大樓與招牌的燈光照亮著街道。

「千佳。」

聽到有人這麼搭話，兩人面向那邊。

只見西裝打扮的女性交抱雙臂站在那裡。

是個散發出來的氛圍感覺很嚴厲的女性，但跟千佳十分相似。那容貌就彷彿千佳照現在這樣年齡增長了一般。身高比千佳稍微高一些。臉上刻劃著與年齡相符的皺紋，讓人感受到她似乎有些疲憊。

是千佳的母親。

「我把車子停在附近的停車場。就這樣直接前往經紀公司吧。」

她靜靜地這麼告知。

然後看似順便地望向由美子，朝她說了聲「妳好」。

不過，她的表情十分嚴肅，彷彿在看無法理解的東西。

由美子心裡有數，因此儘管嘴上打招呼回應，仍悄悄地移開視線。

以前跟千佳母親交談的時候，並沒有化妝。

千佳母親感覺很正經，從她的角度來看，這種辣妹是她完全無法理解的人種吧。

「…………」

不過，就算考量到這點，氣氛依舊相當糟糕。可以感受到一觸即發的緊張感。

千佳也感受到這種氣氛了嗎？她一臉疑惑地退後一步。

說到底，千佳母親的行動感覺就很危險。

居然特地來迎接千佳，還說要一起去經紀公司。

「等一下，媽媽。妳究竟有什麼事要去經紀公司？」

「在這裡說也只是多費唇舌，妳就到經紀公司跟大家一起聽吧。我已經聯絡好那邊了。」

「那是什麼意思？未免太蠻橫了吧。至少說一下理由啊。」

「妳才應該聽話一點，這樣很浪費時間吧。話先說在前頭，我可不介意在妳缺席的地方解決要商量的問題喔。」

「…………」

不由分說就是指這麼一回事嗎？

劍拔弩張的氣氛充斥在兩人之間。

雖然只是推測，但談到聲優的話題時，她們大概總是這個樣子吧。

平常的日積月累打造出現在的不和諧。

但就算知道有這樣的前提，這種發展仍讓人感到不安。

有種不祥的預感。

就算在這種狀況下前往經紀公司，也很難想像情勢會對千佳有利。

但千佳別無選擇。

「那個，阿姨。可以讓我也一起聽嗎？」

回過神時，由美子已經提出這樣的請求。由美子對自己說的話大吃一驚，千佳也驚訝得瞠大眼。

只有千佳的母親皺起了眉頭。

「為什麼妳要跟來？跟妳沒關係吧。」

「因為根據情況，可能不會是沒關係。您說要談關於今後的事情對吧。我跟千佳同學一起在主持廣播，如果她有什麼事情，我會傷腦筋喔。」

「佐藤……」

由美子在思考之前先述說著想到的理由。

雖然要當成理由有些牽強，但無論是怎樣的理由，都不會是她能接受的吧。

說到底，就如同她所說的，由美子並沒有關係。

然而不曉得是吹了什麼風呢？千佳的母親很乾脆地允許了。

「算了，好吧。說不定妳的確也不是沒關係。」

還留下這句恐怖的話。

千佳的母親開車載她們到藍王冠的大樓。

由美子這時大吃一驚。因為有個出乎意料的人物站在入口前。

「……你怎麼會在這裡？」

千佳的母親瞪著那個人物看，發出感到煩躁的聲音。

那個人一臉尷尬似的開口了。

「是千佳叫我來的。要談關於千佳今後的事情對吧。那麼，我坐下來一起討論應該也沒問題。」

站在那裡的是千佳的父親神代。

儘管他看起來沒什麼自信，仍平靜地如此主張。

「你不用一起討論。你根本沒有權利插嘴，也只會礙事而已。」

「因為千佳說希望我來陪她，我才會在這裡的喔。」

母親看向千佳。千佳點頭表示肯定。

「我硬是拜託爸爸，請他過來的。畢竟不曉得會談出什麼結果。而且可以讓佐藤來卻不

准父親一起討論的話，未免太奇怪了吧。」

被千佳這麼一說，實在很難否定。因為就跟她說的一樣。

儘管露出看似惱火的表情，千佳母親仍允許了神代一起出席。

大樓的入口早已關燈，櫃臺沒有任何人在。

是為了聯絡在裡面的人嗎？千佳的母親操作起手機。她就那樣盯著螢幕，向神代提出勸告。

「就算要過來，難道不能再穿套更正經點的服裝嗎？」

「別那樣說啦……因為我是從公司連忙趕來的啊。」

神代的服裝是連帽衣與休閒褲，然後直接披上大衣，確實不是什麼正式的打扮。不僅如此，衣服還皺巴巴又鬆垮垮的。

因為千佳的母親穿著筆挺的西裝，對比之下更加顯眼。

「佐藤，對不起。」

千佳依然面向前方，並小聲地道歉。是為了讓神代陪同，拿由美子當例子那件事吧。由美子用手勢傳達她並沒有放在心上。

過沒多久，成瀨便從大樓後門走了出來。

雖然她對由美子與神代也在一事感到吃驚，但很乾脆地同意他們一起出席。

五人一起進入大樓裡面。

成瀨帶領他們前往的地方，是以前由美子感到很慚愧的那個接待室。

「好久不見，渡邊太太和神代先生，還有歌種同學也是。」

藍王冠的社長嘉島在接待室等候他們。

該說不愧是社長嗎？即使看到神代和由美子，他也沒有特別動搖。

各自草草打過招呼後，所有人坐了下來。

「那麼，渡邊太太。聽說您要商量關於夕暮同學的重要事情，我們才像這樣聚集起來。請問究竟是什麼事呢？」

嘉島用穩重的聲音如此詢問。看來他們似乎也什麼都沒聽說。

千佳的母親用冷淡的視線看向嘉島後，冷靜地開口說道：

「我感到非常遺憾。我以為這間公司作為演藝經紀公司，應該會好好地保護旗下的藝人，實際情況卻是漏洞百出呢。能請您過目一下這些嗎？」

千佳的母親從皮包裡拿出了某些東西。

排放在桌上的是幾張影印紙，

紙上的內容是匿名留言板的對話。

「最近都沒看到夕姬耶。她有來上學嗎？」「我每天都蹺掉大學的課，但都看不到她。」「還好我趁早就去了。也拍到照片啦。」「她該不會都不上學了吧。畢竟才發生了那種事件。」「真是那樣的話，應該會更早就不去學校了吧。」「什麼都沒有的話，果然很無

聊啊。」

「真沒辦法。我來貼一張珍藏照給你們看吧」

在這樣的對話之後，一張照片被貼了上來。

「這是……」

照片上拍的是千佳居住的公寓。

夕暮夕陽就讀的高中已經曝光了。可以想像到會有人在網路上談論這件事。

不過，居然連住家照片都被拍到，這實在出人意料。

「上傳這張照片的人，好像以前曾埋伏在學校前等千佳出現。然後他尾隨千佳來到公寓，在那裡拍了照片。據說他原本想拍下房間號碼和千佳實際出入的照片，但當時失敗了。他之後似乎也一直在埋伏，不過後來完全無法確認到千佳的身影，因此放棄了……上面這麼寫著。」

千佳的母親一邊將手指放在桌上的紙張上，同時平淡地如此告知。

留言板的鄉民會跟丟千佳，是因為她開始會變裝了吧。

不過，假如千佳照原本那樣來上學的話。

說不定已經被某個陌生人特定出千佳的房間。

「…………………」

由美子感到毛骨悚然，莫名其妙的噁心感與恐懼一口氣充滿身體。

這的確是無法忽視的事態。

千佳的母親一邊瞪著臉色變得蒼白的成瀨，同時接著說道：

「自從那次事件之後，千佳便陷入非常危險的狀態。關於這一點，貴公司不僅沒有給予協助，看來似乎還漠不關心的樣子。我實在無法再忍耐了。」

她輕輕吐了口氣，不帶感情地繼續說道。

「請讓她辭掉聲優的工作。」

與她流暢的說話方式相反，接著出現的話語是比任何東西都更加沉重的一句話。

「！媽媽！」

千佳發出彷彿哀號般的聲音。

不過，千佳母親簡直就像聽不見那聲音般，流利地述說下去。

「我會讓她轉學，也在考慮搬家。我再也不想讓女兒受到那些傢伙的傷害了。那群像罪犯一樣的傢伙，你們也看到了吧，那部影片真的很糟糕。有那種傢伙在女兒的學校和住家周圍徘徊喔，誰能忍受這種事呢？」

她用充滿憎恨的聲音像在咒罵似的說道。

她說的是清水拍攝的那部影片吧。

那影片確實相當醜陋。

「請……請等一下，渡邊媽媽！我……我知道您很擔心，但還是請您重新考慮一下讓她

辭職這件事！小夕陽好不容易努力到了現在……！」

成瀨一副快哭出來的表情，但她仍堅定地這麼訴說。

然而千佳母親銳利的眼光輕易地讓成瀨閉上嘴了。

在成瀨被魄力壓倒的期間，千佳的母親更進一步用話語施加重壓。

「——努力到了現在，那又怎麼樣呢？所以讓她暴露在危險中也無妨？請別開玩笑了。我是千佳的母親，我有義務保護這孩子的安全……說到底，我根本不該把女兒託付給隨便敷衍的你們。我對容許了這種狀況發生的經紀公司也有些意見。但是，如果可以和平地讓這孩子辭職，我就不追究這點了——我就是這個意思。」

聽起來就像在暗示如果不讓千佳辭職的話，她會採取行動。

對於語帶威脅的那番話，嘉島緩緩地點了點頭。

「那些問題確實要歸咎於我們的失職。實在非常抱歉。不過，渡邊太太。那樣子她能夠接受嗎？我實在不那麼認為。」

嘉島將手朝向千佳。

千佳一直瞪著母親看。

她銳利的眼光刺向母親，彷彿會順勢鑿出洞一般。

就連已經習慣千佳眼神的由美子，都差點感到畏懼。

千佳非常明顯地表露出憤怒。

「——媽媽，我沒聽說要辭職這回事。而且跟說好的不同。那次事件妳應該已經理解了吧。怎麼現在又提出來講？」

「嗯，是呀。我被那個人籠絡，答應了不會限制妳的活動。但是，那也是有限度的。住處已經被那種醜陋的傢伙特定了喔……妳好好考慮自己的人身安全。等發生事情才來後悔，就太晚了喔。」

「這……」

千佳支支吾吾。實際上千佳也沒想到狀況居然惡化到這種地步吧。

連住處都曝光實在太令人毛骨悚然。

他們簡直就像在玩遊戲一樣，半開玩笑地特定別人住處的行為讓人作嘔。

假如他們用跟這種行為一樣的感覺。

像清水那樣認為「因為妳說謊，所以不管別人對妳做什麼都沒資格抱怨才對」的人跑來接觸千佳的話。

假設發生那種情況，那真的是非常恐怖的事情。

「……等一下。不管再怎麼說，叫她現在立刻辭職都太過分了吧。」

一直沉默不語的神代開口了。

千佳用求助的眼神看向他，但千佳的母親瞪著神代。

「請你閉嘴別說話。你老是在寵千佳，只會出一張嘴。」

「那些事跟現在沒關係吧。我是想叫妳再稍微冷靜一點。」

「我很冷靜。欠缺冷靜的人是你吧。明明有這種危險逼近女兒，你都沒有任何感覺嗎？要是發生了無法挽回的事情，該怎麼辦？都是因為聽了你的話，才會變成這樣的喔。」

千佳的母親拍打桌上的紙張。

神代一臉尷尬地看著那光景，但他輕輕搖了搖頭。

「……我的確也很擔心這件事。我認為應該採取對策。但我想說的是把辭掉聲優工作當成對策實在太極端了。我也會想想其他有沒有什麼辦法。」

「不用了。考慮到千佳的安全，最好的辦法就是斷絕根源。沒必要冒著危險也要做聲優這種工作吧。」

「你等一下，千佳有天分啊，還確定要擔綱動畫主演了。她現在辭職的話，很多人會傷腦筋——」

神代話說到一半時，千佳母親的雙眼亮起憤怒的火焰。

她清楚地露出厭惡的表情，彷彿想說無法忍耐似的站了起來。

「這是做父親會說的話嗎？什麼動畫主演，那不是你的作品嗎！要是千佳辭職，你身為導演會很傷腦筋，才會這麼說吧！為了工作，女兒的安全都可以擺後面嗎！你的意思是為了製作動畫，要千佳成為犧牲品嗎？要是千佳因為這樣發生什麼萬一，你打算用一句這也沒辦法來帶過嗎？」

勃然大怒的她大聲斥責神代。

神代大概也不是那個意思，但剛才那番話的時間太不湊巧了。

而且最重要的是，感覺她對神代很容易點燃怒火。

畢竟是離婚的夫婦在談論關於孩子的事情，或許這也是無可奈何的吧……

「我沒那麼說吧……」

神代似乎被削弱了氣勢，他只是如此小聲低喃。

千佳的母親一臉憎恨地瞪著那樣的神代。

然後像在咒罵似的說道：

「我真的很討厭你這種地方。」

……她講出跟千佳一樣的話。

不過，她那句話是打從心底討厭對方一般的說法。

相比之下，千佳的說法相當溫柔。語氣完全不同。

……不。

現在仔細一想，廣播剛開始的時候，千佳的說法說不定也跟她母親一樣。

「你們別吵了啦！爸爸跟媽媽都是！」

這次換千佳站了起來，再度發出宛如哀號般的聲音。

然後她順勢瞪著母親看。

「媽媽不認同我的活動也無妨。妳無論如何都要反對的話，我就離家出走。」

千佳的母親瞇細雙眼。

她似乎不覺得千佳是認真的，發出感到傻眼的聲音。

「妳的意思是要獨自生活？妳怎麼可能辦到啊。」

「我會去爸爸那邊住。」

千佳斬釘截鐵地說道。

神代有一瞬間感到困惑，但他隨即露出「嗯，那倒還好……」這樣的表情。

看到那樣的神代與千佳，母親挑動了一下眉毛。

她大大地嘆了一口氣後，用溫度非常低的聲音編織出話語。

「──無論妳做什麼，妳的監護權都在我身上。如果是這種狀況，由父母來解除未成年的勞動契約，也不會有問題吧。我要求撤銷與這間經紀公司的契約……我想想。即使如此，妳還是想當聲優的話──至少等高中畢業後再說。」

她說得實在太過自然，由美子有一瞬間無法理解。

雖然她講得簡直像在讓步，但這樣根本沒得商量。

想當聲優的話，等高中畢業後再說。

換言之，她的意思是要千佳一年半的期間都別當聲優。

「請……請等一下！」

不出所料，發出哀號的是成瀨。

「一……一年半實在太久了，渡邊媽媽！不管再怎麼說，那也太……！」

沒錯，不管再怎麼說，都太久了。

雖說夕暮夕陽很受歡迎，但活動期間也仍不滿三年。

這跟已經確立了地位的人氣聲優暫停活動是無法相比的。

一年半。

這期間足以讓一名新人聲優被大眾遺忘。

而且還是在那起陪睡嫌疑事件後。

在那之後銷聲匿跡一年以上的話，夕暮夕陽肯定會被當成「已經過氣的人」。

這跟叫千佳「別當聲優了」沒兩樣，是很殘酷的死刑宣告吧。

「我不會再讓步更多了。我家的孩子還是未成年，你們沒有權利決定這孩子的道路。」

她斬釘截鐵地這麼宣告。

千佳緊緊地閉上雙眼，然後緩緩地吐了口氣。

「——媽媽也沒有權利決定我的道路。我要繼續當聲優。什麼暫停活動？別開玩笑了。請妳別擅自替我做決定。」

千佳也用意志堅定的眼神與聲音，斬釘截鐵地這麼宣告。

不過，千佳母親從正面接住這番話後，冷淡地說道了。

「妳別會錯意。妳也沒有決定自己道路的權利。這是父母親的權利。」

「妳說什麼……」

「說到底，妳是為了什麼繼續當聲優？」

在千佳回嘴前，她毫不留情地如此說道。

突然拋出來的問題出乎千佳的意料。她一臉困惑的表情，支支吾吾了起來。

「為……為了什麼……」

「我就是不懂這一點。因為妳的周遭只有敵人對吧？曾是妳粉絲的人怎麼了？現在只剩這種會半開玩笑地當跟蹤狂的人吧。妳欺騙粉絲，被譴責背叛了他們，像那樣被罵翻。受到這麼多敵意針對，為什麼妳還會想繼續當聲優呢？」

「…………」

流暢地冒出來的這番話，精準地刺中千佳的弱點。

就連在旁聽著的由美子都能感受到這下很不妙。

再加上跟芽玖瑠之間的事情，千佳對這點感到動搖。

她還沒有整理好思緒。

正因如此，此刻她的動作才會停住了。

「……好。那麼，繼續討論吧。好啦，千佳。坐下。」

完全變成千佳母親的步調了。

雖然千佳沒有聽從，但她一句話也說不出來，呆站在原地。

成瀨不知所措，嘉島依舊沉默，無法動彈。神代也一樣。

照這樣下去。千佳真的得暫停活動。

由美子不可能對此視而不見。

「請……請等一下！」

由美子氣勢猛烈地站起來，視線一口氣集中在她身上。

明明她至今一直保持沉默，卻突然這麼出聲，所以這也難怪。

千佳母親面無表情，千佳以外的人一臉擔心，然後千佳則是用求助似的眼神仰望著這邊。

但由美子只是忘我地喊出了聲音，並非有什麼策略。

話雖如此，也沒有時間接著才來想辦法。

只能把自己的心情照實地表達出來。

「要是渡邊她，夕暮夕陽她辭職的話，我會很傷腦筋的！夕暮夕陽是歌種夜澄的搭……搭檔啊！……廣播的搭檔！現在廣播好不容易要步上軌道了……！她辭職的話我會很傷腦筋的！」

總之由美子將想到的話都說出口，但也因此內容變得非常自我中心。

所幸千佳母親並沒有斷然捨棄她這番話。

即使是她也不打算對女兒的同學用太強硬的態度嗎？她淡然地回答。
「這點我也覺得很遺憾，但只能請妳看開了。就算妳會傷腦筋，也只是那種程度……」
「不……不只是那樣而已。是我……我不想看到渡邊辭職。」
雖然是自己這麼說的，她卻忍不住心想這是在講什麼啊。聲音自然地變小。
……不，如此小聲是因為在講很難為情的話。
也因此由美子無法繼續說下去。於是千佳母親疑惑地微微歪了歪頭。
「為什麼？」
「為什麼……阿姨也知道的吧。知道我……我對渡邊有什麼想法……」
由美子支支吾吾地這麼傳達。
由美子以前曾向千佳的母親述說自己對千佳抱持著怎樣的心情。
所以只要這麼說，應該就能傳達給她才對，千佳的母親卻依然一臉疑惑的樣子。
……難道要我在這裡再說一次嗎？在本人面前？
自己很崇拜千佳，很尊敬她，也會嫉妒她。她同時也是自己的目標。
不希望那樣的千佳離開自己，不是理所當然的嗎？
臉部急速漲紅起來。
由美子不禁看向千佳。她用一臉不安的表情看著這邊。
由美子用力咬緊嘴唇。只能說出來了。

無論再怎麼害羞，再怎麼肉麻，都要在本人面前說出自己尊敬她的心情。

不那麼做的話，這個話題就會在這邊結束——

「我……我對渡邊——」

「不。妳的心情根本沒有關係。因為問題在於外面，有散發出敵意的人。」

……實在太殘忍了。千佳母親很乾脆地結束這個話題。

由美子好不容易做好了覺悟，但這樣只是毫無意義地被動搖了感情而已。由美子感受到一種難以言喻的羞恥，差點要顫抖起來。

不，可以不用特地傳達出自己的心情，算是得救了吧……

想到這邊時，由美子猛然驚覺。

「我……我會將心情傳達給這些人。」

排放在桌上的幾張紙。惡意的集合體。由美子拿起這個，慌張地用言語表達。

由美子這番話讓千佳母親露出無法理解似的表情。

在她開口說什麼前，由美子急忙陳述自己的意見。

「我們真的很困擾，請不要做這種事。也請不要再跑來學校了。我會像這樣好好地拜託他們。如果那麼做可以制止這些行動的話，怎麼樣呢？是否可以當作不會有危險了，取消暫停活動這件事呢……？」

「……妳這些話是認真的嗎？妳真的認為用那樣的話，只是開口拜託，這種人就會老實

地聽話嗎？」

她用冰冷的視線看向由美子。

那眼神已經像是憐憫。

不過，由美子沒有畏懼，將想法說了出來。

「阿姨是因為覺得我們的粉絲是些危險的傢伙，不知道他們會做出什麼，為了遠離他們才想叫渡邊別當聲優對吧。」

「……是那樣沒錯。實際上的確很危險吧？」

「就是說呀。老實說，我也很希望他們放過我們，會想叫他們別再跑來學校了，有時也會覺得他們做得太過火了。明明都叫他們別那麼做，卻在演唱會中跳來跳去，或是回一些讓人不舒服的回覆。我當然也有好幾次覺得他們是一群不三不四的傢伙。」

千佳的母親皺起眉頭。

她是不明白由美子想要說什麼吧。

由美子咳了兩聲清喉嚨後，認真地說道。

「可是，他們基本上是一些好人。只要我們誠懇地去對待，他們也會認真地回應。他們會伸出援手，也會給予協助。在演唱會或活動中聽到他們的聲音，還有收到粉絲信，不曉得讓我獲得了多少力量。所以說，這次也是，只要好好地傳達意思，我想他們一定會明白的。求求您了，至少給個機會好嗎……！」

聲音自然地激動起來。由美子堅定且拚命地訴說著——但千佳母親的反應並不理想。

她還是一樣只是用冰冷的視線看向這邊，這番話完全沒有打動她。

豈止如此，她甚至露出瞧不起人似的笑容，聳了聳肩。

「妳的意思是只要開口拜託，他們就不會再跑來了嗎？」

「我相信是那樣。」

「哦。妳相信這種人？覺得只要肯說，他們就會聽話？講得還真是好聽呢。」

「…………」

她的聲音愈來愈冷淡。彷彿想說不值一提似的搖了搖頭。

她感到傻眼似的嘆了口氣後，她的眼神散發出殘暴的光芒，冷靜地如此告知：

「那麼，這樣做如何？妳們指定日期時間，在網路上告知大家『我們放學後會經過商店街到車站。但是請大家不要過來。假如有人向我們搭話，我們就暫停聲優活動』。即使如此，妳也覺得真的不會有任何人來？」

……她說出這種壞心眼的話。

如果把由美子的話照單全收，確實不會有任何人來吧。

不過實際一點思考的話，怎麼可能都沒人來。可以說那是不可能的。

甚至能感受到刻意呼喚惡意的意圖。

看到由美子陷入沉默，千佳母親露出嘲諷似的笑容。

「如果真的沒任何人跑來，這種事情能夠成功的話，我也可以撤回要千佳暫停活動的要求。」

是因為知道那樣很離譜嗎？她甚至能說出這種玩笑話。

她確信那種事絕對不會成功……實際上，由美子也覺得不會成功。

房間的氣氛變得更加沉重。「那樣實在太強人所難了……」這種感情傳播到所有人內心。

「我做。」

不過，千佳出聲了。

儘管是讓人只覺得不可能的條件，千佳仍答應接受。

「反正不管說什麼，媽媽都不肯聽吧。只要有一點可能性，我就會去嘗試。」

她似乎並非自暴自棄，而是領悟到現狀根本無可奈何，才做出這樣的發言。

而且——千佳接著說道。

「就算要暫停活動，如果是被粉絲送下去，我也能死了這條心。」

「渡邊……」

千佳一直對自己身為偶像聲優一事感到疑問。欺騙粉絲一直讓她於心不安。那種罪惡感還強烈地殘留著。

正因如此，如果是被粉絲阻擋了去路，她也還比較能接受。

千佳的想法非常像她的作風——但就連這樣的想法也輕易地被摧毀。

「……妳怎麼當真了呀？那當然是開玩笑的吧。我不能讓妳做那種事。」

千佳的母親這麼改變了意見。

「等……等一下。那樣太過分了吧。」

提出異議的是神代。的確，剛才那樣太過分了。自己提出條件在先，但對方答應後，居然又說要收回。

「嗯，太過分了。渡邊太太，能否請您至少給些退路呢？這樣實在過於單方面不是嗎？我也會盡我所能地給予協助。能否請您再重新考慮一下呢？」

一直伺機開口的嘉島跟著附和。呼應他的是成瀨。

「就……就是說呀，渡邊媽媽！能不能……能不能請您給她一些選項呢！像剛才那樣……不，剛才那樣的條件實在過於嚴苛。不過，能不能拜託您給她一些選項，像是只要滿足這個條件，就可以繼續當聲優之類的選項。我……我也願意做任何事！」

沉重且禮貌地發言的嘉島，以及用快哭的表情努力說出意見的成瀨。

「就是說啊。妳再稍微替千佳想想如何？我也會幫忙的。」

神代配合他們，又這麼補充說道。

「沒……沒錯，阿姨！我也一樣，渡邊能繼續活動的話，要我幫多少忙都沒問題！」

由美子也拚命地助陣。

蘊含了希望事情出現轉圜餘地的心情。

不過，千佳的母親只是一臉厭煩似的注視所有人拚命求情的模樣。

她閉上雙眼後，大大地，大大地，真的是大大地嘆了口氣。

然後她緩緩緩地睜開眼睛時，只見她的雙眼散發出與千佳相似的銳利光芒。

「——是嗎？那麼，就這麼辦吧。由美子妹妹的狀況也跟千佳很類似吧。妳也說了千佳是搭檔，會協助她對吧。那麼，由美子妹妹也賭上自己的聲優活動，妳們兩人一起實行剛才的玩笑話如何？要是在放學回家路上被人搭話，就暫停活動那件事。如果是這樣，要挑戰也無妨喔。這就是我最大限度的讓步。這樣正好呢，妳相信粉絲對吧？」

「——咦？」

這番話出乎意料之外。

自己也跟千佳做同樣的事？

用剛才那種大概絕對會失敗的條件？

要是失敗了，自己也跟千佳一樣暫停聲優活動。

在高中畢業前，有一年半以上無法從事聲優活動。

那實在過於缺乏真實感的事情，讓思考完全停止了。

在這段期間，周遭的大人們出聲說道。

「渡……渡……渡……渡邊太太！我……我們不能讓她做那種事！歌種同學是其他經紀

公司的藝人喔……！呃，不，我並不是說如果是同一間經紀公司就沒問題啦……！」

「沒錯。無論從哪個觀點來看，這種行為都有問題。不是鬧著玩的。絕對不能那麼做。」

成瀨與嘉島立刻否定，然後千佳跟著說話。

她清楚地顯現出憤怒的表情，但用不帶感情的聲音說道：

「別開玩笑了。怎麼可能讓佐藤做那種事啊。」

千佳的母親面無表情地接受接踵而至的反對意見。

她彷彿從一開始就知道會有這些聲音似的開口說道：

「嗯，是呀。不能做那種事。而且也沒有任何你們能做的事情。明白了嗎？這樣這個話題就結束了。」

商談結束了。

結果還是無法取消千佳退出經紀公司那件事。

最少也要暫停活動一年半。

千佳的母親表示改天再來正式進行解除契約的手續，要成瀨先準備好文件。成瀨只能默默地接受。

儘管似乎有話想說，但神代好像有工作，慌張地回去公司了。

三人一起離開大樓後，千佳的母親立刻停下腳步。

「由美子妹妹。已經很晚了，我送妳回家吧。」

「咦？啊，喔，不用啦，沒關係。」

「可是——」

「因為我回程想繞去超市一趟。真的不要緊，謝謝您的好意。」

由美子用客套的笑容拒絕。說要買東西是捏造出來的理由。

一方面也是因為沒有很感謝她的心意，更重要的是，實在不想在談完那種話題後跟她搭同一輛車。車內會充斥彷彿地獄一般的尷尬氣氛吧。

由美子拒絕後，她也沒有特別勉強。

她心想那就算了，面向千佳。

「千佳，我們回家吧。」

她只說了這麼一句，便邁步走向車子那邊。

但她立刻停下腳步，轉過頭來。

因為她發現千佳沒有回應，也沒有跟上去。而是在原地低著頭。

「妳在做什麼呀？要回去嘍。」

「……我不想回去。」

簡直就像小孩一樣的主張，讓千佳母親皺起眉頭。她看似煩躁地開口說道：

「妳說不想回去，那妳打算怎麼做呢？」

「………………」

「妳那樣鬧彆扭也沒用吧。」

「………………」

「……妳打算去那個人的地方嗎？」

「………………」

「……隨妳高興。」

她只留下這麼一句話，就那樣掉頭離開了。

千佳沒有要追上去的樣子。

由美子能夠充分理解千佳的心情。

像那樣單方面地做出結論，完全無視這邊的意見，不可能心服口服。

「渡邊，妳要怎麼辦？要去妳爸爸那裡嗎？」

「那個人」指的是神代吧。

千佳的母親會做出丟下千佳的結論，應該也是因為判斷千佳八成會去父親身邊。

雖然包括那個選擇在內，大概都讓她感到不快吧。

千佳依舊低著頭，小聲地回答。

「……爸爸現在工作似乎很忙。我想他今天應該不會從公司回家。」

「咦？那妳要怎麼辦？」

「…………………」

這時千佳首次露出傷腦筋的表情。

看來她雖然逞強地向母親說了「不回去」，但似乎並非有什麼特別的打算。

話雖如此，也不是不能回去。

或許會被母親挖苦，但只要隔一段時間再回家就好了。

即使是千佳，應該也沒膽在街上過夜。

只不過千佳應該不願意吧——由美子如此心想。

不想回去的心情也是她真實的真心話吧。

由美子抓了抓頭髮。

「要來我家嗎？」

平靜地如此詢問。

於是千佳用求助般的眼神仰望這邊。

「可以嗎？」

「啊～話先說在前頭，我家可不像渡邊家那麼漂亮喔。」

進入家裡前，為了保險起見，由美子這麼傳達。

雖然沒多想就帶千佳回來了，但現在有些猶豫。

對由美子而言，自家是充滿幸福回憶、自己最喜歡的家，但並不是像千佳家那樣的高級公寓。是母親的老家，老舊的獨棟房屋。

由美子打開玄關大門並開燈。千佳東張西望，感到很稀奇的樣子。

由美子沿著走廊前進，千佳便慌張地追趕上來。

「很棒的家呢。有一種溫暖的感覺。」

「是嗎？」

千佳的說法非常溫和，聽起來也不像是在說客套話。

雖然能聽到她這麼說很開心，但同時也有些害臊。回答自然地變得有些冷淡。

由美子帶千佳到客廳。

「啊～妳隨便坐吧。」

雖然試著這麼說，但千佳似乎閒著無聊。

千佳以前曾說沒去別人家玩過，而且又是第一次來由美子家，所以會感到緊張吧。

由美子沒有再多說什麼，她打開冰箱。

「……渡邊～肉醬可以嗎？」

「……？什麼意思？」

「晚餐。雖然是冷凍的，抱歉啦。」

「咦？啊。我吃什麼都行。請……請不用費心。」

她結結巴巴的回答讓由美子差點笑了出來。

由美子一邊壓抑住笑聲，同時從冷凍庫拿出肉醬的庫存。

畢竟機會難得，可以的話想要好好煮一頓飯給她吃。

但時間已經很晚了。明天還要上學，由美子沒有力氣多花時間在料理上了。

等下先傳個「晚餐是懶人料理，對不起喔」的訊息給母親吧。

因為只要解凍肉醬和煮義大利麵，所以很快就準備完畢了。

「我開動了～」

「我開動了。」

由美子與千佳面對面坐著，雙手合十。

千佳看起來沒什麼食慾，用緩慢的動作將義大利麵送進嘴裡。但是，含住麵條後，她的動作慢慢地變活潑起來。說不定她只是沒意識到，其實早就肚子餓了。

「真好吃。感覺很不可思議呢。跟在朝加小姐家吃的時候是一樣的味道。」

「畢竟是同一個人煮的，味道當然一樣啦。」

「因為我沒想到有機會像這樣吃到相同的味道。」

聽她這麼一說，的確如此。

這是第三次煮飯給千佳吃，但之前沒想到會有這麼多次機會。

而且居然還找她來自己家過夜。

如此一想，這實在是很不可思議的狀況。千佳在自己家裡吃飯。無論是以夕暮夕陽的身分，還是以渡邊千佳的身分，壓根都沒想過這樣的情境。

雖然會這樣也是因為發生了那種事情。

「……渡邊。雖然阿姨那麼說啦。但還是想想看有沒有辦法可以繼續當聲優吧。暫停活動跟引退都不是鬧著玩的。對吧。」

由美子提起之前沒提到的事情。

雖然由美子自認是挺堅定地說了這番話，但千佳的聲音卻不成比例。

她依舊低著頭，軟弱地說了聲「嗯」。

「我當然是那麼打算的。但我媽一旦打定主意，就怎樣也說不聽了……」

她的回答讓由美子感到錯愕。

由美子還以為千佳會像平常那樣露出不可愛的笑容，發揮不服輸的精神。

不過，現在的千佳看起來簡直就像開始接受現實一樣。

……果然是那番話影響了她嗎？

妳的周圍只有敵人。以前的粉絲都對妳抱持敵意。我不懂妳在這種狀況下還想繼續當聲

優的理由。

那番話奪走了千佳的氣勢。

「佐藤。」

聽到有人呼喚自己的名字，千佳猛然回神。她慌張地抬起頭來，平靜地接著說道：

「佐藤才是，別冒出什麼傻念頭喔。別把我媽說的話當真。」

千佳說的是那場比賽吧。

倘若願意賭上由美子的聲優活動，答應挑戰也無妨的比賽。

不過，用不著千佳提醒。

就跟成瀨和嘉島也說過的一樣，這可不是鬧著玩的。

歌種夜澄的聲優生命不是屬於由美子的。而是屬於經紀公司的。

就算由美子認真地想要接受挑戰，也絕對不會被原諒。

話雖如此，但就算知道，內心還是有疙瘩。無能為力這點讓由美子感到內疚。

由美子曖昧地回應後，慢吞吞地吃起了義大利麵。

之後兩人幾乎沒有交談，就這樣吃完了有些晚的晚餐。

由美子制止說要幫忙洗碗的千佳，總之讓她坐到沙發上。她好幾次勸說千佳可以放輕鬆點，自己動手收拾餐具。

幾乎就在碗盤洗好的同時，洗澡水也燒開了。

「渡邊。洗澡水已經燒開了，妳去洗個澡吧。」

雖然由美子這麼搭話，但千佳沒有回應。

看到千佳的身影，內心感覺有一點寂寞。

千佳坐在沙發上，將身體靠在扶手上。她用茫然的眼神看著電視。她很明顯地心不在焉，身體彷彿洩了氣的皮球。

她現在正拚命地整理思緒，沒有餘力做其他事吧。

畢竟被單方面地提出那種要求，不可能像平常一樣。

不過，由美子實在不覺得一直維持現狀是最好的辦法。

「……啊，佐藤。怎麼了嗎？」

「洗澡水燒開了。去洗個澡吧。」

「喔……好。佐藤先洗吧。我之後再洗就行。」

「別說那麼多啦。妳先暫且停止思考吧。放鬆心情去洗個澡，讓腦袋重開機。一直像那樣想破頭也不會有好事的。先休息一下吧。」

「嗯……」

雖然有回應，卻沒有要照做的樣子。

她果然是還是心不在焉，由美子的話也不曉得聽進去多少。

由美子不想看到這樣的千佳，無可奈何地開了個玩笑。

笑。

「不然我們一起洗澡吧？像之前那樣。」

千佳驚訝地抬起頭來。她眨了眨眼睛，注視著由美子的臉龐。

然後，像是聽到了無聊的玩笑一般——呃，雖然實際上是無聊的玩笑沒錯——露出苦笑。

「……現在的我臉色難看到讓妳要這樣顧慮我？」

「沒錯。也沒有活力。總之希望妳先打起精神。」

由美子這番話讓千佳說了聲「真糟糕呢」，並用雙手搗住臉。

呼——她彷彿要將肺部的空氣全部吐出來一般，深深地吐了口氣。

然後她抬起頭，臉色比剛才好多了一點。

「也是呢。我反省過了。在這種狀態下不可能想到什麼好主意呢。我就心懷感激地先去洗澡吧。」

她這麼說並站了起來。

由美子鬆了一口氣。笨拙的玩笑話似乎也派上用場了。

無論如何，如果千佳的心情能稍微振作起來，那就太好了。

不過，這時千佳說了出乎意料的話。

「既然妳都說到這種地步，我們就一起洗澡吧。」

……咦？

——事情就是這樣。

「……嗯。要兩人一起洗澡，感覺的確是有一點狹窄呢。」

「這樣根本不是有一點了吧……啊，真是的，所以我就說了嘛。」

結果又跟千佳一起洗澡了。

就算由美子主張家裡的浴缸很小，千佳也不聽她說，一到脫衣處便立刻開始脫掉衣服。

現在想起來，那時候自己一個人回客廳就好了。

但是，雖說是背對著這邊，看到俐落地脫掉衣服的千佳，由美子仍動搖起來。呃，因為。對方可是那個夕姬啊。夕姬在家裡的狹窄脫衣處中，在眼前裸露出肌膚。

由美子曾在體育課或演唱會要換衣服時，看過千佳穿著內衣的模樣。

不過，一般是不會在這麼近的距離脫衣服的。

而且她毫不猶豫，連內褲也迅速地脫掉。

這實在太缺乏真實感，「這是怎麼回事……？」正當由美子像這樣陷入混亂時，千佳這麼說了。

「妳不洗嗎？」

由美子完全被她理所當然似的語調牽著走了。

回過神時，由美子已經洗好身體，兩人一起窩在浴缸裡面。

「如果像渡邊家那樣寬敞也就算了啦。」

「我家的浴缸也是狹窄到不適合兩人一起洗吧。說到底，一般家庭的浴缸原本就不是設計成兩人用的。」

「既然妳都知道這些，為什麼還一起洗啊？」

這奇怪的狀況讓由美子頭痛起來。

千佳坐在對面，看來有些開心的樣子。

距離如此靠近的話，可以清楚看見她的裸體。

她的身材整體來說很纖細。手腳都十分苗條。特別是腳非常漂亮，讓人感到羨慕。沒有絲毫多餘的脂肪，肌膚非常細緻。讓人忍不住想觸摸。

形狀漂亮的鎖骨，纖細滑順的腰部曲線，小巧緊實的屁股。

雖然胸部比較含蓄，但她全身散發出高雅的性感魅力。

而且她就在可以互相碰觸的距離，所以讓人不曉得該看哪裡才好。

雖然將腳折疊起來，以便放入彼此的雙腳中間，但即使如此，還是改變不了狹窄的事實。

要是亂動的話，肌膚就會互相接觸。

熱水發出啾噗的聲響。

「…………………………」

「…………………………」

呃，別陷入沉默啦。

這樣很尷尬吧。

雖然如此心想，但由美子也想不到話題。

就在她為了這種狀況傷透腦筋時，千佳悄悄地開口了。

「可以說個跟現在完全沒關係的話題嗎？」

「請說。反倒很歡迎喔。我一直在等這種話題。」

「是關於柚日咲小姐的事。」

出現了意料之外的名字。由美子有些緊張。

這麼說雖然不太好，但實在不覺得提到她的名字會是什麼愉快的話題。

看來似乎是很正經的話題，千佳的眼神十分認真。

她稍微將視線往下移，同時平淡地述說起來。

「柚日咲小姐她呀，身高跟我差不多喔。」

「喔……對呀。應該差不多高？」

「沒錯。明明如此，然而那個人——卻擁有雄偉的胸部喔。」

「這話題跟現在很有關係吧！應該說妳別盯著別人的咪咪講話啦！」

由美子用力踢了幾下，千佳才總算抬起頭來。

她似乎是一臉認真地看著別人的胸部。

而且絲毫不覺得愧疚。

她將手貼在自己單薄的胸膛上，仍然一臉認真的表情。

「佐藤，這是很重要的事喔。我明明是這個樣子，跟我同樣身高的柚日咲小姐卻很雄偉對吧。這究竟是怎麼回事呢？」

我哪知道啊。

雖然很想這麼說，但對千佳而言，說不定是很嚴重的問題。

她的指尖底下確實沒有多大的隆起。跟一般女性相比也十分單薄吧。

相反地芽玖瑠的胸部則相當大。

跟嬌小的身體與稚氣的容貌相比之下，她的胸部非常豐滿。

也有很多粉絲認為那是她的魅力。

不過，實在無法直接問她本人：「為什麼妳咪咪這麼大啊？」

「……應該是飲食生活的差異吧？」

由美子如此脫口而出。這應該就是正確答案吧。

即使身高差不多，芽玖瑠也沒有千佳這麼瘦。

她有著柔軟且充滿女人味的體型。至少吃得比千佳好吧。

「姊姊，妳最好再多吃點飯喔。應該說妳是不是瘦了一點？」

由美子看向千佳的身體，果然整體來說很纖細，

從腋下到腹部的曲線實在很漂亮，但感覺再稍微多點肉會比較好。

感覺腹部周圍和胸部周圍比以前看到裸體時稍微瘦了一些。

……呃，「比以前看到裸體時」是怎麼回事啊。這是什麼回憶啊。

正當由美子對自身感到動搖時，千佳一邊到處摸著自己的身體，同時開口說道：

「是這樣嗎……可是，我最近反倒吃得比較多喔。因為我效法佐藤，也開始自己煮飯了。」

「咦，是這樣嗎？很了不起嘛。」

「嗯。冷凍食品也有很多好吃的東西，都不會吃膩，真是幫了大忙。而且還有泡麵。下次我想挑戰看看調理包。我會加油的。」

「……………………」

這女人是說真的嗎？

她竟然主張冷凍食品和泡麵算是自己煮嗎？

有這樣的嗎……？

不過，她的表情看來也不像在開玩笑。

「因為佐藤總是在吃好吃的東西，所以胸部才這麼大也說不定呢。」

「呃，嗯……就當作是那樣吧……」

由美子莫名悲傷了起來。

果然就算有點勉強，還是應該煮飯給她吃比較好嗎……就在由美子如此心想時，感覺到視線。

只見千佳用渴望的眼神盯著別人的胸部。

「佐藤。我有事想跟妳商量。」

「要摸咪咪免談喔。」

「我什麼都還沒說吧。」

雖然千佳不滿地回嘴，但沒有接著說下去。看來由美子似乎說中了，她不禁感到疲憊。

果然上次的互動讓她食髓知味了。

被女同學不停搓揉胸部的經驗，有一次就夠了。千佳或許覺得很快樂，但這邊只覺得尷尬而已。只有吃虧。由美子可不想再體驗那種滋味。

是因為由美子冷淡地拒絕了嗎？千佳沒有再多說什麼。

她一臉憂鬱地看向牆壁那邊。

就那樣小聲地說了起來。

「佐藤。妳還記得我跟我媽的對話嗎？」

「……當然記得啊。畢竟是沒多久前的事。」

「那我想妳應該能夠明白。我現在非常沮喪喔。沒有精神呢。畢竟說不定得暫停活動。而且還被我媽反對成那樣。」

然後她像是故意要給這邊看似的嘆了口氣。

「……………」

這傢伙……

呃，那樣很狡猾吧。

被她那樣子說的話，這邊根本束手無策吧。

應該說，為什麼她能如此輕易地利用自己的危機狀況啊？她的心臟是鐵打的嗎？

令人不爽的是，她還故意低頭看向下方並垂下肩膀，演出一看就知道她很沮喪的氛圍。

然後她不時窺探著這邊，講出決定性的一句話。

「如果佐藤願意講跟之前一樣的話，我一定可以打起精神的喔……？」

唔——喉嚨深處發出這樣的聲音。實在無可奈何。那邊不顧形象，用盡辦法也要達成目的。

這傢伙到底有多想摸胸部啊。

由美子只能屈服於她的惡行。

「妳這麼在意的話，要摸摸看也行喔。」

「可以嗎！」

可以嗎！妳個頭啦。還真會裝傻。

千佳跟以前一樣，在胸部面前開始膜拜起來。

「感謝妳，佐藤。妳果然很慈悲為懷呢。」

「我只是被迫那麼說而已呢……妳的個性真的很惡劣……」

「咦，什麼？別提那些了，快點將身體從熱水裡抬起來啦。」

「這傢伙……」

洗完澡之後的時間，則是在由美子的房間度過。

由美子在地板上鋪了客人用的棉被，千佳坐在那上面。

她茫然地眺望著手機。

因為是借由美子的睡衣給她穿，所以袖子有點長。千佳穿著偏大睡衣的模樣普通地惹人憐愛。

雖然這次過夜很突然，但若菜有時也會來由美子家裡過夜，倒是沒什麼傷腦筋的問題。

由美子在自己的床上滑著手機，發現影片有更新。

她立刻開始播放那部影片。

『各位觀眾——轉啊轉～「柚日咲芽玖瑠的轉啊轉旋轉木馬」第220回開始了！這次的來賓是，呃，我看看……（笑）似曾相識感很強烈呢……（笑）總之來介紹一下吧！』

『各位觀眾，轉啊轉～！大家好～我是愛心塔的櫻並木乙女！』

『各位觀眾——轉啊轉——！大家好啊，我是愛心塔的歌種夜澄——』

『各位觀眾，轉啊轉——大家好，我是愛心塔的夕暮夕陽。』

『嗯，所有人最近都來過了！大家之前才來上節目！雖然整團一起來的確是第一次啦！其實來上節目也無妨，但一般會再間隔一段時間吧？』

『能夠讓經紀公司的前輩請來上節目這麼多次，身為後輩感到十分高傲。』

『是驕傲才對啦。意思差很多喔。雖然我覺得以一個後輩來說，小夕陽的確很高傲呢？』

『小玖瑠、小玖瑠。「今天不是來宣傳的吧？」妳快這麼問我！』

『就算妳小聲地講，麥克風也收到聲音啦！妳怎麼會那麼中意那段對話呀？小乙女只會因為要宣傳才來上節目吧！這次跟上次都是要宣傳！』

『啊，就是說呀～我上次是因為要宣傳「電影版行星天堂」才來打擾的。前幾天ＰＶ也公開了，而且廣受好評……』

『等一下，姊姊，別說了。不要用大作的宣傳來跟我們撞上。』

由美子眺望著芽玖瑠一邊應付三名來賓，一邊進行節目的模樣。

「是前陣子的？」

就在由美子看著節目時，千佳爬上了床。她依偎在由美子身旁，眺望著螢幕。

兩人暫時默默地觀賞節目。

於是千佳忽然將頭咚一聲地搭到由美子肩上。

「真不可思議呢。明明是沒多久前的錄影，感覺卻像是很久以前。」

由美子也有這種感覺。

雖然芽玖瑠是裝出來的，但四個人在手機裡面開朗地聊著天。也能聽見工作人員的笑聲。氣氛非常好。就連很少笑的千佳有時也會露出微笑。

上這個節目演出，是經紀人為了打破狀況爭取來的工作。

是考慮到夕暮夕陽的今後，為了連接起未來的工作之一。

明明如此，現在卻在討論是否能繼續當聲優。

即使想要視而不見，不安還是會立刻充斥內心。

一方面也是因為在眼前看到千佳慢慢失去活力的模樣。

「……渡邊，妳沒有放棄吧。應該還有什麼辦法……」

「別說傻話了。我怎麼可能放棄，那怎麼可能？」

雖然嘴上這麼否定，但她的聲音很小且虛弱。那聲音感覺有氣無力。

聽到那彷彿胸口被緊揪起來一般的聲音，由美子什麼話也說不出口了。

結果那之後也沒有特別聊些什麼。

看完影片之後，自然地變成就寢的氣氛。

「我關燈嘍。」

「嗯。」

「晚安。」

「……晚安。」

在這樣的對話後，由美子啪一聲地關掉電燈。

她鑽入被窩，即使抬頭仰望一片漆黑的天花板，也絲毫沒有睡意。

身體明明很疲憊才對，思考卻咕嚕咕嚕地轉動不停，雙眼依然清醒。

由美子看向千佳那邊。

千佳背對著這邊。不曉得她是否已經睡著了。

渡邊——由美子沒有出聲地呼喚她的名字。

千佳當然聽不見，因此也沒有轉過頭來。

在陰暗的房間裡，由美子將視線從千佳身上移開，再度看向天花板。

——有沒有什麼辦法，可以避免千佳被迫暫停活動呢？

由美子這麼想時，腦海中無論如何都會浮現那場比賽。

沒得商量的千佳母親唯一當成玩笑說出口的那場愚蠢比賽。

倘若由美子賭上自己的聲優活動參加那場比賽，跟千佳一起達成目標，千佳就能名正言順地繼續當聲優。

「……想什麼傻事。」

由美子緊緊閉上雙眼。

就算比賽真的成立了，也絕對不可能成功。

要是被人搭話，我們就暫停活動。所以請大家不要向我們搭話。

由美子可以斷言，要是那麼說的話，肯定有一群人蜂擁而至。

畢竟存在著無法原諒由美子她們，還氣憤地寄信給節目，要她們別當聲優的人們。雖然沒有調查，但網路上肯定充斥著那樣的人。

就算不是那樣，懷有惡意的人也是無所不在。

自己的一個行動能夠阻斷聲優的前途——一定會有人覺得這點很吸引人。

要在這種必敗的比賽中，賭上自己的聲優活動實在太愚昧了。

說到底，應該怎麼跟加賀崎解釋才好呢？

「倘若失敗就要暫停活動，雖然幾乎確定會輸，但我可以答應這場比賽嗎？」

她以前為了自己揭露原本面貌一事，那麼拚命地生氣。

對於那麼拚命為了自己在行動的人，要怎麼告訴她這種愚蠢的事呢？

經紀人不用說，經紀公司也絕對不可能允許。

甚至不想找加賀崎商量。

不想讓她聽說這麼愚蠢的事情，不想讓她再對自己感到失望。

「…………………」

那麼，到底該怎麼做呢？

千佳只能乖乖地暫停活動了嗎？

推論到這個想法的瞬間，胸口猛然變得難受起來。腦袋被攪拌得一團亂。不要。不要。不想看到那種情況。還想再看到更多夕暮夕陽的活躍。想要跟她一起繼續工作。

由美子拚命地壓抑激動起來的感情，為了入睡將棉被從頭蓋上。

隔天早上。

倘若是平常，應該是在家裡呼呼大睡的時間帶，但由美子與千佳卻在屋外。

因為千佳有必要在上學前先回家一趟，所以她們提早起床了。

早上的空氣十分冰冷，周遭也比平常安靜。

由美子一邊輕輕摩擦著雙手，同時露出苦笑。

「不好意思啊，增加了妳的行李。」

「不會。」

千佳輕輕笑道。

她的行李比昨晚來家裡時多了一些。她提著稍微偏大的紙袋。

是伴手禮。因為被工作完回家的母親抓住了。

『哎呀～妳就是渡邊妹妹呢？嗯，應該叫妳小夕比較好？我有收聽廣播喔～謝謝妳一直陪伴由美子工作。可是妳真的很瘦呢。有好好吃飯嗎？啊，對了。我有好東西，給妳帶回去吧——』

她用這種感覺塞了一堆食物給千佳。

「是個溫柔又親切的媽媽呢。」

千佳用溫和的表情俯視伴手禮的袋子。

倘若是平常，應該會說聲「還好啦」，露出害臊的笑容。

不過，實在無法對現在正為了與母親的糾紛在煩惱的千佳說這種話。

「那再見嘍。」

「嗯。」

在這樣簡短的對話後，由美子目送千佳嬌小的背影離開。

她的背影讓人感受到一種難以言喻的寂寞。

但由美子依然什麼也說不出口，只是一直注視著那背影。

「…………」

千佳的身影在轉角消失後，由美子將頭叩咚一聲地撞向圍牆。

她就那樣緩慢地坐倒在地。

雙腳沒了力氣。內心拒絕站起來。

這種模樣要是被人看見的話，一定會被擔心。會被關心問候。所以應該趕緊回到家裡面，由美子卻悄悄地用手摀住了臉。

昨天幾乎都沒睡。

同樣的事情一直在腦海中打轉。

照這樣下去，夕暮夕陽會因為千佳的母親被逼到暫停活動。

能夠排除這個問題的比賽，也因為由美子無法參加，所以不成立。

話雖如此，也無法默不作聲地袖手旁觀。

那麼要接受嗎？接受那場比賽？想辦法獲得加賀崎他們的諒解？

「辦不到啦……」

聲音小聲地脫口而出，掉落到地面。

假設強硬地請加賀崎他們諒解，不惜讓關係惡化也要挑戰比賽，等待著自己的是無從推翻的失敗。

那樣一來，由美子也跟千佳一樣，得暫停活動到高中畢業。

「唔………」

由美子不禁用手摀住嘴。

光是想像，眼淚就彷彿要掉落下來。

自己跟千佳的狀況完全不同。明明在現狀也沒有工作，要是暫停活動一年半的話，那之後不可能還有地方可以回去。

說到底，就連加賀崎也會感到厭煩。

等於要放棄聲優這個工作。

……不要。由美子不想放棄。明明好不容易才當上聲優。明明一直努力到現在。還沒有完成任何目標。甚至連泡沫美少女的邊都還碰不到。還想繼續加油。不想放棄。明明如此，卻必須放棄才行。辦不到。不要。不要。不要不要不要不要──！

內心被攪拌得一團亂，感情瘋狂地動搖起來。

回過神時，有一滴眼淚掉落了下來。

由美子吸了吸鼻涕，用袖子擦拭眼淚，勉強站了起來。

在內心和腦袋都還沒整理好的狀態下回到了家中。

「噯，由美子～小夕會再來我們家玩嗎？還會再來的話，下次啊──」

由美子的母親整理著冰箱裡面的東西。

她面帶笑容地轉過頭來，但一看到由美子的臉，表情立刻消失了。

「怎麼了嗎？」

她將手放在由美子的肩膀上，緩緩地這麼搭話。

這讓由美子的情緒一口氣潰堤了。

她彷彿在訴苦一般，將昨天發生的事情一五一十地說了出來。

母親默默地聽著由美子的話。

雖然她只是一直點頭，但在聽完來龍去脈後，她閉上雙眼，陷入沉思。

她維持那樣的姿勢僵硬一陣子後，平靜地開口說道：

「由美子覺得怎麼做才好？」

「我不知道。」

「由美子想怎麼做？」

「……我不知道。」

自己到底想怎麼做？該怎麼做才好？由美子早已無法給出答案。

由美子的回答讓母親感到為難似的笑了笑，她摸了摸由美子的頭。

「抱歉，剛才是媽媽不好呢。也是呢。這種事情不是小孩子該煩惱的事。」

她溫柔地如此安慰由美子後，緩緩地放開了手。

也是呢——她用悠哉的聲音如此說道，又用悠哉的語調接著說了：

「我也有事情要說了。可以幫我找由美子的經紀人、小夕跟小夕媽媽，還有小夕的經紀人一起出來嗎？」

她若無其事地說著無法理解的話。即使詢問理由她也不肯說明，只是笑咪咪地重複「找她們來就知道了」。

幸運的是在那天就敲好了所有人的預定。

雖然由美子母親的小酒吧會有一段時間沒人顧店，但其他人都表示「晚上可以」，聚集了起來。

好像是加賀崎幫忙敲定了地點，一行人借用巧克力布朗尼經紀公司裡的會議室。

六人聚集在寬敞的房間裡。

姑且不論經紀人們，原本擔心千佳的母親是否願意前來，但出乎意料地是她似乎很乾脆地答應了。

說不定是因為察覺到被找出來的理由。

畢竟聚集起來的是這些成員。

雖然沒有說明集合的理由，但肯定是關於昨晚那件事。

千佳的母親利用由美子結束了話題，但她無從否定那樣做是胡亂傷害了由美子。說不定是因為那件事讓她感到內疚，也說不定她是覺得即使被譴責也沒辦法，才來到了這裡。

因此千佳的母親用一臉尷尬的表情前來了。

也因為這個緣故，由美子母親的態度讓她不知所措。

「對不起喔，明明大家都很忙。我聽由美子說加賀崎小姐看來總是很忙的樣子呢。平常

受妳關照了～藍王冠也是大型經紀公司，一定很辛苦對吧？聽說小千佳的媽媽是律師？真的很對不起喔。」

她一邊爽朗地笑著，一邊親切地向大家打招呼。

那彷彿會讓人感到安心的笑容，讓大家都目瞪口呆。

一定也有人是抱著處理客訴的打算前來的吧。

可以感受到加賀崎和千佳不時瞄向這邊的視線。

不過，由美子也不明白為何母親要找大家出來。

「呃，佐藤媽媽。那麼，今天是有什麼事情呢？」

加賀崎也露出應酬用的笑容應對。

由美子的母親猛然一驚，然後又露出毫無緊張感的笑容。

「哎呀，對不起。阿姨總是不小心就講太久。甚至請其他經紀公司的經紀人和小千佳的媽媽前來，是想談談關於昨晚的事情喔。」

她這麼說出口的瞬間，空氣便緊繃起來。

啊，果然是要說這件事嗎？眾人緊張起來。

不過，即使在這樣的氣氛中，由美子的母親依然維持著一貫柔和的語調。

「我聽由美子說了，小千佳的媽媽表示要讓小千佳暫停聲優活動對吧？我非常明白妳的心情喔～果然會覺得很擔心對吧。」

由美子母親和善地對千佳母親露出微笑，但她只是沒什麼勁地回了一聲：「喔……」

對吧？由美子母親這次換對成瀨笑著搭話。但成瀨露出為難的表情，似乎不曉得該怎麼回應才好。

「是的。關於那件事我也聽由美子說了。那件事怎麼了嗎？」

加賀崎接應她的話題。

於是由美子的母親啪一聲地雙手合十，維持那親切的態度開口說道：

「嗯。我也想讓我家的由美子暫停活動到高中畢業為止。」

——她剛才說了什麼？

由美子無法理解那種話居然會從自己母親的口中說出來。

為什麼？為什麼？

「媽媽……？」

由美子這麼呼喚，但她根本不看這邊。

臉上依然掛著平常那種討人喜歡的笑容。

周圍的視線不是看向母親，而是聚集在由美子身上。

尤其是千佳與加賀崎更是露出「這怎麼回事」的表情。

不過，看到由美子本人一副快哭的模樣，她們更加困惑了。

「因為我也很擔心呀～你們想想，由美子也跟小千佳處於同樣的狀況對吧？但我很難開口要她別當聲優不是嗎？可是，聽說小千佳的媽媽採取了行動，讓我也有了勇氣。父母親有權讓小孩辭掉工作對吧？」

她流暢地說出這些話。

由美子目瞪口呆。她無法理解為什麼事情會像這樣子發展。

聽說與千佳的事情後，母親覺得「原來如此」了嗎？由美子一直以為母親支持自己，但她只是說不出口，其實希望由美子別當聲優嗎？

加賀崎無視什麼話也說不出來的由美了，平淡地回答。

「……如果父母親主張讓小孩辭職，經紀公司方面也不能說什麼。但是，由美子的心情該何去何從呢？這種單方面地——」

「我聽說能夠無視那種事情也是父母親的權利。請別干涉我們的家務事。」

她的態度突然強硬起來。她毫不留情地結束這個話題。

這樣簡直就像在重現昨天的光景。

不同的是，由美子的母親又補充了一句「只不過」。

「——只不過，聽說小千佳的媽媽好像提出了很有意思的比賽呢。據說只要能證明粉絲沒有惡意，就同意小千佳繼續活動。倘若由美子肯賭上自己的聲優活動，就可以挑戰這場比賽。這是最起碼的慈悲。由美子可以答應那場比賽——我是來傳達這件事的。」

「——咦？」

出乎意料的話語又再次擾亂思考。

還沒時間冷靜下來或思考，話題便不斷進展下去。

首先掌握到狀況的似乎是加賀崎。她表面的面具脫落，有一瞬間露出非常不快的表情。可以看見她無聲地低喃「是這麼回事嗎」。

接著理解了狀況的是成瀨。

她當真露出著急的表情，不知所措且毫無意義地擺動著雙手。

「佐……佐……佐……佐藤媽媽……！那樣子，那樣子很不妙，為……為了我家的夕暮，那樣做的話……！請……請您重新考慮清楚……！」

比起由美子或千佳的母親，成瀨更關心加賀崎的臉色。

實際上，她應該很傷腦筋。一個搞不好，雙方經紀公司的關係可能會惡化。

然後比成瀨更明顯地動搖起來的是千佳。

千佳站了起來，用目瞪口呆的表情俯視由美子的母親。

「──您在說什麼呢？不行。那樣不行喔。接下來是歌種夜澄很重要的時期。請您不要……不要讓她陪我做這種愚蠢的事情。為了我做這種事情……我……我很困擾。」

雖然她的說話方式彷彿在說夢話一般，但只有最後一句話像是下定決心似的說道。

平常那種感覺強勢的眼神失去力量，從她身上奪走氣勢。

是因為這樣嗎？當由美子的母親用堅定的眼神看向千佳時，她嚇得搖晃了一下身體。

「小夕。不好意思，但這並不是為了妳。這是為了我家女兒。嗯，那可能也不對。真要說的話，這應該是為了我吧。至少不是小夕覺得自己該負責的事情喔。」

「…………？」

千佳不明白那番話的意思，表情變得更僵硬了。

雖然她試圖開口反駁，但由美子的母親舉起手打斷了她。

「對不起喔。我也不打算聽小夕的意見。因為這是我家的問題。」

「…………」

那冷淡的說法讓千佳領悟，她陷入沉默。

她知道無論說什麼，由美子的母親都不會動搖。

千佳咬了咬嘴唇後，看向由美子。

「佐藤呢？妳覺得這樣就好嗎？怎麼可能好啊。」

可以感受到她斷定的說法中，言外之意蘊含著「快否定吧」的心情。

自己是怎麼想的呢？想怎麼做呢？

束縛與複雜的心情摻雜在一起，早就無法將那種感覺用言語來表達。

「由美子的意志沒有關係。只是我想讓她辭掉工作才這麼說的，經紀公司也無法否定這件事。是這樣沒錯吧，小千佳的媽媽？」

她和善地對千佳的母親露出微笑。

千佳的母親瞇細雙眼。她的表情不見友善的色彩。

她只有在一開始感覺很尷尬，從剛才開始就一直露出很不愉快似的表情。

她用帶刺的聲音說了起來。

「這是在演給我看嗎？就算動之以情，我也不會收回自己的發言喔。無論由美子妹妹會變怎樣，我都不會讓千佳繼續當聲優。無論發生什麼事都一樣。」

她斬釘截鐵地如此宣告。可以感受到她的意志也很堅定。

的確，倘若能那樣發展是最好的。

如果會拖累別人家的孩子，我寧可收回前言。要是她能這麼說，願意讓步就好了。

但是，她似乎並沒有那個打算，由美子的母親看來也不期待的樣子。

「嗯，我知道。但是，要請妳遵守約定喔。那場比賽如果能順利進行，她們兩人都能安穩地繼續從事聲優活動對吧。」

「……妳當真覺得事情會那麼順利嗎？在那種無謀的條件下？妳會不會想得太美好了？」

「因為可能性並不是零。」

「……請自便。」

她像在發洩似的說道。

……老實說，雖然不是想這些的時候，但比賽似乎會成立。

是對氣氛被擾亂感到不滿嗎？千佳的母親毫不掩飾厭惡感。

「我認為由美子妹妹暫停活動反倒是好事。畢竟她跟千佳處於同樣的狀況。甚至希望她就算因此不當聲優了，也能感謝我呢。」

她說出這種話。她的態度似乎不會改變，實在無法期待她撤回前言。

不過，聽到這番話的瞬間，由美子母親的表情首次蒙上陰影。

她有一瞬間皺起眉頭，接著吐了口氣後，又恢復成笑容。

「小千佳的媽媽知道『魔法使泡沫美少女』嗎～？」

她突然這麼問了。

千佳的母親一臉疑惑地挑動了眉毛，但簡短地回以否定的話語。

「不知道。」

「那是一部在早上播出，適合小孩看的長壽動畫喔？也有很多女性聲優渴望能演出那部動畫。相對地競爭非常激烈，是一部門檻非常高，無法輕易獲得演出機會的作品喔～甚至也有人覺得能成為泡沫美少女是一種身分的象徵。」

千佳母親的表情變得愈來愈不快。

彷彿想說：「這是在說什麼？」

就連那樣的表情，由美子母親也一直笑咪咪地帶過，但她忽然轉變成正經的表情。聲色也跟著認真起來。

「妳剛才提到『就算由美子不當聲優』對吧。由美子是不會放棄的喔。請不要小看我家女兒的毅力——歌種夜澄是有一天會成為泡沫美少女的聲優。」

她堅定地這麼說完後，表情忽然變開朗起來。她張開雙手笑著說道：

「開玩笑的。事情就是這樣，按照剛才談妥的內容進行可以嗎？抱歉在各位百忙之中打擾了。萬事拜託了～」

就跟昨晚的千佳母親一樣，她用不由分說的樣子結束了話題。

實際上，無論誰來說什麼，她都絲毫不打算接受。

結果，事情沒有更進一步的發展，這場集會便解散了。

看來成瀨似乎是從工作中溜出來的，她向加賀崎低頭道歉好幾次後，匆匆忙忙地離開了。

渡邊母女也同樣離開現場。

加賀崎突然不知上哪去了。

會議室裡只剩下由美子與母親。

「媽媽，為什麼——」

由美子用顫抖的聲音如此詢問母親。

就連她自己也不曉得那句「為什麼」是針對什麼而問。

為什麼做出了這種事呢？

為什麼一直瞞著自己呢？

為什麼會浮現這樣的想法呢？

無論哪個問題都像是在責備母親一樣，實際上，她說不定是想那麼做。

心情早就已經亂成一團。也整理不出頭緒。

所以才想知道母親是抱著什麼想法採取了這種行動。

「我說呀，由美子。這可能是媽媽的任性。」

她忽然對由美子笑了笑，然後用溫柔的聲色接著說道。

「假如由美子默不作聲地對小夕暫停活動一事視而不見，一定會後悔的。明明不是有所行動就能幫助她，但妳會一直覺得『為什麼我什麼都沒做呢』。卡在內心那根刺絕對拔不掉。縱然自己作為聲優功成名就，就算小夕順利地回來當聲優，妳一定也會一直煩惱下去。媽媽不想看到由美子那樣的背影。」

內心像被揪緊似的感到苦悶。

母親是考慮到由美子的心情，才採取了這樣的行動。可以理解這點。由美子也打從心底想要阻止千佳暫停活動一事。

但是，因為事情沒那麼單純，由美子才會苦惱不已，動彈不得。

不只是經紀公司的事情。

「想繼續當聲優。不想被捲入這種事情」的念頭，也是確實存在著，沒有一絲虛假的真心話。

那就跟「想幫助千佳」的心情一樣千真萬確。

所以由美子母親幫忙選擇的這條道路，並不是能坦率地表示感謝的選擇。

「可是，媽媽。要是我因為這樣暫停活動，果然還是會後悔……我會後悔『為什麼找媽媽商量了呢』，一定會怨恨媽媽的喔……」

由美子真的很害怕這點。

明明母親為了自己推開許多障礙，體諒到自己心情才這麼做，卻會怨恨那樣的母親。即使心裡明白，一定還是無法克制那種念頭。

豈止如此，是否還會把責任都推給母親責怪她，而不怪罪自己呢？

那樣的不安肯定非常巨大，但由美子的母親溫和地笑了笑。

「怎麼，只是那種事～？」

「妳……妳說怎麼……」

「那樣就行啦。如果妳會後悔莫及地欲哭無淚，倒不如怨恨媽媽吧。我寧願妳責怪我。或許無法像至今這樣融洽相處，但看到沮喪的由美子會讓我更加難受。是吧？」

「媽媽……」

胸口因為跟剛才不同的意義而苦悶起來。

這個人是「母親」，比任何人都更替由美子著想。

由美子深深地體會到這點。原本波濤洶湧的感情逐漸平穩下來。

正當由美子感覺到內心被填滿時，母親將手放在由美子的肩膀上。

她的聲音堅定有力。

「由美子。無論發生什麼事，由美子都已經站在會後悔的道路上了。在妳一起聽說小夕的事情時。我不會叫妳不要後悔。但是，我只希望妳不要一直看著後面。無論是我、奶奶還是爸爸，都不想看到妳那模樣。」

「嗯。」

這番話讓由美子繃緊神經。

祖母他們一定在守護著自己。既然這樣，就不能讓他們看到丟臉的模樣。一這麼想，就自然地湧現了活力。

母親一臉滿足似的看著那樣的由美子，然後將手貼在嘴邊，看向門扉。

「先不提這些，由美子。記得解釋一下，別被加賀崎小姐誤會了喔～？這是我擅自決定的事情，不是由美子的意志。對吧？」

她說了讓人猛然驚醒的話。

由美子的母親特地主張「跟由美子的意志無關」，是為了表現給經紀公司和加賀崎看。

要是被誤會就沒意義了。

由美子目送接下來要去店裡的母親，然後去尋找加賀崎。
跟預測的一樣，加賀崎在吸菸區抽著菸。
周圍沒有任何人在，她將身體靠在桌上發呆。
由美子飛奔靠近，於是加賀崎也注意到這邊。
是以為由美子會進入吸菸區嗎？她將手比向這邊，制止由美子。
她立刻熄掉香菸，從吸菸區裡走了出來。
「加……加賀崎小姐。」
聲音自然地變得軟弱。
加賀崎一臉疲憊地將香菸收到口袋裡。
「喔，由美子。妳還不回家沒關係嗎？」
「唔，嗯。雖然媽媽先回去了……呃，我有話想告訴加賀崎小姐……」
「嗯？怎麼了？」
加賀崎展現出願意聆聽的態度。
不過，真的要用言語表達時，由美子發現那會是很過分的內容。
那件事是母親自作主張，不是自己的想法。雖然自己的確想助千佳一臂之力，但並不打算給經紀公司跟加賀崎添麻煩。希望妳不要誤會。
這藉口太過分了。單方面地說母親壞話一事，讓由美子感到猶豫。

母親的確是為了給人那種印象在行動的。

但是，對於替自己著想而採取行動的母親，那樣子說她過不去吧。

由美子無法讓母親當壞人，明明是來解釋的，卻什麼也說不出來。

加賀崎暫時默默地看著那樣的由美子，然後大大嘆了口氣。

由美子嚇了一跳。

會挨罵嗎？她會對自己感到厭煩嗎？

加賀崎是怎麼想的呢？

由美子擔心起來，加賀崎輕輕地拍了拍她的頭。

「我很清楚的。那並不是妳的判斷吧。妳之前好好地挨罵了，我不覺得妳會再重蹈覆轍喔。什麼都辦不到，妳一定很難受吧。」

與預測相反的溫柔聲色刺激著淚腺。

加賀崎能夠諒解。

包括由美子母親的想法，還有由美子無法行動，一直在煩惱的事情，她大概都知道吧。

由美子心想不愧是加賀崎，同時也真的鬆了口氣。

不過，加賀崎交抱雙臂，露出看來有些複雜的表情。

「不過，為人父母的真的很厲害呢。我負責帶由美子後已經過了幾年，但完全比不上啊。雖然我也是很認真地在替由美子設想……她真的是個好媽媽呢。」

加賀崎用認真的表情如是說。那感覺有一點滑稽，由美子不禁笑了出來。

雖然好像無法理解由美子為何笑了，但加賀崎也跟著露出笑容。

她就那樣將手放在由美子的肩上。

這次露出彷彿領悟了什麼的表情。

「但也因為這樣，幾乎可以確定妳要暫停活動了。這次歌種夜澄真的死了呢。別介意，由美子。妳可以不用再回來巧克力布朗尼了喔。」

「怎……怎麼這樣講？好……好歹再可憐我一下吧……！」

由美子不禁錯愕地驚叫，於是加賀崎感到滑稽似的笑了。

「開玩笑的。只要上面沒說什麼，一年半後也會由我來照顧妳啦。不會拋棄妳的。雖然理想是那場比賽能夠順利獲勝啦。雖然那賭注有些艱難，無法寄予厚望，但也不該放棄吧。相信粉絲對聲優而言也是很重要的事情吧。所以說……」

然後加賀崎告訴了由美子該怎麼做。

將這次的事情好好地告訴粉絲，還有別忘記誠懇的對應。

話雖如此，也不能做得太過火。

要發布文章到網路上時，記得一一請加賀崎確認過。

加賀崎仔細地給予每個建議。

然後在最後這麼接著說了。

「還有就是，記得也關心一下夕暮。妳大概也很難受，但夕暮應該更加難受吧。因為自己的緣故，害妳也不能繼續當聲優。」

由美子猛然一驚。

自己的事情就讓她分身乏術，根本沒有想到那麼多。

由美子的母親就如同她本身所說的，不是為了千佳，而是為了由美子著想在行動。

結果在精神上受到最大打擊的是千佳。

縱然追根究柢，是由千佳母親起頭的事情。

與加賀崎道別後，由美子也邁出步伐，準備離開經紀公司。

於是她發現靠在牆壁上的千佳。千佳母親似乎先回去了。

千佳一看到由美子，便慌張地飛奔過來。

「佐……佐藤。那個……該怎麼說才好呢……」

她看來真的很沮喪的樣子，在由美子面前什麼也說不出來了。

這樣根本是在重現剛才的由美子與加賀崎。

從由美子的立場來看，現在的狀況當真不是開玩笑的。

要是稍微大意，真心話彷彿就會洩漏出來。

為什麼連自己都必須暫停活動才行呢？太過分了。太殘忍了。妳要怎麼賠償？為什麼會變成這樣？不要。不要。為什麼。別開玩笑了。都是妳害的。

不能說沒有這種黑暗的感情。

要是把這些情緒發洩到千佳身上，說不定心情會稍微舒暢一點。

不過，就算那麼做也於事無補，而且這種狀況也是自己想選擇的道路。

一方面也為了甩開黑暗的感情，由美子用力地握緊了手。

然後順勢猛烈地拍打千佳的背。

「好痛！」

「彼此都別提這些了。無論妳怎麼想，陪睡嫌疑那時毀掉了偶像聲優夕暮夕陽的人是我。這次的事情就讓我們互相扯平了。知道了嗎？」

「可是——」

「沒什麼可是的。而且，我也是真的跟妳處於相同狀況。如果妳因為粉絲的緣故要暫停活動，我也應該那麼做才合乎情理吧。這樣就好啦。妳別放在心上。」

由美子不等對方回應，一口氣把話說完。

也不全然是謊言。

就如同母親所說的。假如自己什麼也沒做，夕暮夕陽就暫停活動的話，自己一定會後悔。明明什麼也辦不到，卻懊悔著自己什麼也沒有做，就那樣度過每天吧。

雖然並非在討論哪邊還好一點，但由美子寧可在還有一點可能性的那邊賭一把。把能做的事情都做過比較好。

……雖然還不是能劃分清楚的心境，但能夠假裝出已經劃分清楚的樣子。

千佳依然一臉不安的表情，目不轉睛地注視著由美子。

她緩緩地移開視線，呼一聲地吐了口氣。

「……我真的很討厭妳這種地方。」

那聲音非常微弱細小，跟她平常的說話方式完全無法相比。

不過，她這時咳了一聲。

然後她大大地吸了口氣，接著緩緩地吐出來。是甚至有些裝模作樣的仔細的深呼吸。

她順勢用雙手拍打臉頰，表情嚴肅起來。聲音也恢復了幹勁。

「我知道，我知道了。我不會放在心上。就照妳說的去做。既然這樣，就來想想怎麼活用妳幫忙製造的機會吧。那樣子的確比較有建設性。」

……呃，希望妳可以再稍微介意點就是了。

看到她這麼乾脆地帶過，感覺也有些微妙。

雖然是自己先那麼說的啦。

「佐藤？」

「啊，沒事，沒什麼。先別提這些，渡邊，妳接下來有空嗎？我們兩人一起想一下對策吧。雖然希望渺茫，但總比什麼都不做好吧。可以找間家庭餐廳之類的。」

「跟妳？兩人一起？真是提不起勁呢……但這也無可奈何，我去就是了。」

「啊～渡邊。雖然很不想說這種話，但妳可以再稍微感到內疚點嗎？」

話雖如此，能做的事情也有限。

兩人在部落格和推特上老實地寫出事情的來龍去脈，也拍了影片。在廣播上也稍微提到了一下。

為了將心情傳遞給粉絲，無論哪件事都是很認真地進行，但不曉得有沒有效果。

畢竟是那樣的內容，在某種程度上好像成了話題，但不會搜尋自己名字的由美子她們無從得知。頂多就是在工作現場被詢問「是真的嗎？」而已。

比想像中更沒有真實感，時間平淡地流逝。

不過，那一天確實地在接近，就這樣在還沒整理好心情的狀態下，準備迎接當天到來。

然後，到了約定的日子。

由美子搭乘空蕩蕩的電車，眺望著窗外的風景。

手機收到母親傳來的訊息。

『由美子，在如此重要的日子，真的很對不起！沒問題吧？』

由美子稍微想了一下後，簡單地回覆。

『別放在心上。只要趕得上放學後就好了。倒是媽媽妳才要多保重，別勉強自己喔。』

在送出訊息時到達了車站。由美子收起手機，站了起來。

時間是中午過後。

雖然上學是完全遲到了，但有好好地聯絡學校。會遲到也有理由。

今天早上，在母親經營的小酒吧工作的員工聯絡了由美子。

聽說母親在關店作業時摔倒，好像扭到了腳。雖然她主張可以獨自回家，但員工還是很擔心，所以聯絡了由美子。

由美子立刻去迎接母親，等到了看診時間後，也帶母親去了醫院。

事情處理得差不多時，時間已經接近中午了。

由美子當然也很在意比賽的事情，但母親的身體也很重要。

而且正式比賽是放學後才開始。就算上學遲到，也沒什麼影響。

由美子走下電車，通過驗票口。

今天會決定自己們身為聲優的道路。

會決定今後是否能繼續當聲優。

光是用想的都感覺要窒息。有一種肺部裡面被空氣以外的東西填滿的感覺。從腳尖漸漸變沉重起來，就連思考也變得遲鈍。腦海中充斥著焦躁感。

是體驗過好幾次的感覺。就這樣放著不管的話會哭出來。

由美子搖了搖頭，消除那種想法。

「請不要再跑來學校。照這樣下去我們會不能繼續當聲優。」已經這麼向粉絲傳達了。

只要粉絲肯聽進去。倘若沒有任何人跑來。倘若沒有任何人向自己們搭話。

今天一天就能順利落幕。

由美子當然明白這種可能性有多麼渺茫。

但是，只能依靠這個可能性了。只能選擇相信。

然後，她立刻體會到那種念頭是多麼沒有意義。

「……唉。」

她吐了口氣。

她早就明白。雖然早就明白。

但車站前有好幾個疑似粉絲的人在等著。

有單獨前來的人，也有團體。

還有人身上配戴著歌種夜澄和夕暮夕陽飾演的角色周邊。

明明距離放學後還有一段時間。

居然有這麼多人希望自己們暫停活動。

由美子穿過那些人群中間。

由美子現在也持續變裝。她戴眼鏡綁辮子，制服也穿得整整齊齊。

所以沒有人發現她是歌種夜澄。

儘管如此，她還是低著頭前進。

午休大約過了一半，教室裡有些吵鬧。

學生們聚集在一起，悠哉地享用著午餐。

就在由美子跟同班同學互打招呼時，若菜特地從小圈圈裡跑出來，飛奔到由美子身旁。

「由美子！妳媽媽還好嗎？」

「喔，嗯。聽說只是扭傷。骨頭也沒有異常。」

「這樣啊～太好了，太好了。就連我都著急起來了呢。」

若菜鬆了口氣後，和善地露出笑容。她的笑容讓心情稍微緩和了一點。

由美子有事先告知若菜自己會遲到。

然後若菜也知道今天的事情。

她將視線從這邊移開，稍微指了指視線前方。

「小渡邊來了喔。妳去陪陪她吧。」

「嗯。」

由美子簡短地回答，前往千佳的座位。

然後看到坐著的千佳模樣，她瞬間有些呼吸困難。

因為千佳做了她壓根沒想到的裝扮。

現在的千佳沒有變裝。豈止如此，甚至不是平常的打扮。

她將頭髮稍微綁起來，讓人能清楚看見她的容貌，還仔細地化了妝。

那是以前的夕暮夕陽的模樣。

「……渡邊。」

「喔。佐藤。阿姨她還好嗎？」

「嗯。她沒事。先不提這些，妳那張臉——」

「啊。」

千佳簡短地回答，摸了摸自己的臉。

她害羞了一下，然後悄悄地低聲說了：

「因為要以夕暮夕陽的身分出現在大家面前，我想這麼做才是一種禮貌。」

「……我知道了。」

由美子點了點頭後，解開自己的辮子。

幸好為了保險起見，有帶化妝用品來。

「我也會以之前的歌種夜澄身分出現。用那副模樣跟妳一起走。」

千佳什麼也沒說。但感覺她稍微笑了一下。

放學後。

在學生都離開教室，回家路上的行人也開始減少時，指定的時間接近了。

兩人一起離開校舍。

她們沒有心情聊天，只是默默地前往校門。

只見千佳的母親交抱手臂，站在校門旁等著。

她之所以在這裡，是為了見證比賽。

加賀崎和成瀨也很想過來，但似乎怎樣也沒辦法從工作中溜出來。

原本由美子的母親也預定會過來，但因為今天早上的扭傷，在自家待命。

雖然她本人直到最後都堅持要來，但由美子設法制止了她。

老實說，只有千佳的母親在場感覺很尷尬，但都這種時候，也沒辦法了。

千佳的母親跟兩人碰面後，連招呼也沒打就立刻說了起來。

「從這間學校到車站為止，經由商店街前進。如果沒有任何人向妳們搭話，就是妳們贏了。我不會再多說什麼。但是，如果不是那樣，妳們要暫停聲優的活動，直到高中畢業為止。」

她重新確認規則。

聽到這番話的瞬間，明明早就知道，心臟還是激動地起伏。

終於到了這一刻嗎——胸口苦悶起來。

有些後悔為什麼要做這種事。明明已經決定不要後悔的。

也因此由美子無法做出回應。

「那樣就行了。」

千佳代替她冷淡地回答。

這時，千佳拍了一下由美子的腰。光只是這樣，不安就稍微緩和下來。

由美子注視千佳母親的表情，只見她有些諷刺似的笑了。

她用含意深遠的視線看向周圍。

……由美子知道她想說的話。

「雖然我覺得根本沒必要這麼做了。妳們沒必要勉強自己丟臉喔？已經證明了粉絲有敵意吧。妳們就算放棄也沒關係吧？」

沒必要那麼做。已經證明粉絲有敵意。

不是能否定她這番話的狀況。

光是在校門周圍，也已經有好幾個人看著這邊。還有人拿手機對著這邊。

很明顯地是聽說比賽的事情，才跑來的人們。

千佳母親感覺很不愉快似的看了看周圍的人們後，扭曲了嘴唇。

「像那樣大肆主張了會暫停活動在先，事到如今已經無法撤回。像那樣被拍下影片的話，也沒辦法蒙混過去吧。結果已經顯而易見了。千佳，該不會妳打從一開始就想暫停聲優的——」

「媽媽，我們快走吧。這樣只是浪費時間。」

千佳毫不留情地結束對話，這讓千佳母親皺起眉頭。

不過，她像是瞧不起人似的哼了一聲後，依舊面帶笑容地說道：

「也是呢。只是浪費時間。我們走吧。」

她這麼說並邁出步伐。由美子也連忙追了上去。

也可以理解她笑著說只是浪費時間的理由。

視線從周圍刺了過來。由美子陷入一種彷彿所有人都在看著這邊的錯覺。

……不，說不定不是錯覺。

之後只要他們中的某人向自己們開口搭話，比賽就結束了。

要暫停活動到高中畢業。

並不是已經接受了。但是，一直以為自己應該在某些地方想開了。

結果完全沒那回事。事實像這樣擺在眼前時，由美子清楚地體認到。

好可怕。由美子才不想暫停活動。因為沒人可以保證自己能夠回到聲優界。

一年半後，明明大家一定已經忘了自己。

呼吸開始變淺。雙腳顫抖起來。儘管好像要絆倒，由美子仍沿著扭曲的地面前進。

一片空白的腦袋無法思考任何事。

不過，視野突然啪一聲地恢復原狀了。

手感覺到溫暖。一種柔軟的感觸覆蓋住手。

由美子看了看被握住的手後，抬起了頭。

在旁邊走著的千佳雖然依舊面向前方，但她更用力地握緊了手。

「無法消除不安的話，就看著一旁的我吧。只要想到自己不是一個人，感覺多少會好些吧。」

她若無其事地如此說道。那是由美子過去曾說過的話。

以前在公開錄音時，千佳緊張得不得了，當時由美子握住千佳的手，說了同樣的話。

就在由美子大感意外時，千佳忽然笑了。

「如果是我，應該很可靠吧？」

這傢伙。

由美子完全放鬆了力量，話語自然地脫口而出。

「也是呢。畢竟在我身旁的是夕暮夕陽嘛。一這麼想，就覺得鬆了口氣。」

由美子坦率的說法讓千佳眨了眨眼。

她總算理解話語的含意後，滿臉通紅地悄悄移開了視線。

「妳為什麼能說那種話……」

她小聲回嘴的聲音沒什麼力氣。這樣是否稍微回敬了她呢？由美子輕輕笑了。

只不過，就算心情變輕鬆，現實也不會改變。

勝負很明顯地已經分出來了。

聚集在周圍的人如實地述說著這點。

搞不好。說不定。

像這樣的一絲希望早已經煙消霧散。

只要周圍的人們靠近，開口搭一句話，一切就結束了。

剩下的只是他們會在哪個時間點開口搭話……

「………？」

不過，意外地是比賽並沒有馬上結束。

周圍的人看著由美子她們前進的身影。但沒有要搭話的樣子。

她們就這樣來到了商店街。

這裡也能看到很多在等由美子和千佳的人。

因為事先宣言了會經過這裡吧。人比學校周遭更多。

他們在路邊遠遠地眺望著這邊。

就由美子所見的範圍，他們沒有要靠近的意思，也沒有要搭話的樣子。

原本還以為這場比賽一下子就會結束了。

但現在也還沒有被人搭話。

說不定周圍的人只是單純來看熱鬧的。

說不定他們並沒有要搭話，盼望兩人暫停活動的意思。

如果是這樣，如果是這樣——

比賽說不定能夠就這樣順利地結束——

可能嗎？

就在對自己過於有利的妄想蒙蔽了由美子的雙眼時。

可以看見一個年輕男性筆直地走向這邊。

雙方牢牢地對上了視線。他很明顯地在看著由美子她們。

身體僵硬起來。緊張竄過全身。由美子不禁更用力地握住千佳的手。

逐漸靠近的現實讓腦袋變得一片空白。

啊，到此為止了嗎——由美子忍不住想哭。

因為千佳停下了腳步，由美子也停留在原地。

男性擋在由美子她們前面。

那絕對不是什麼明朗的表情。

他的眼睛散發著憤怒的色彩，一臉憎恨地咬著嘴唇。

他「無法原諒」的心情降落到兩人身上。

然後，就在他終於開口，要搭話的時候——

「不……不好意思，我想問一下路。」

——另一個男性抓住了他的手。

原本打算向由美子她們搭話的年輕男性看似不快地轉過頭去。

是因為剛要開口就被阻擾的緣故嗎？他明顯地感到煩躁。

「……有事嗎？我現在很忙，可以請你去問別人嗎？」

「別……別這麼說，先等一下啦。我很傷腦筋耶。只要一下子就好，聽我說說吧。好嗎？」

「啥？不，我不懂你的意思。請你閃一旁去吧。我接下來有事。」

「我也有事啊。別管那麼多了，聽我說一下啦！」

「就說我不知道啦！要問路的話，自己用手機找路啦！」

「那件事就算啦！總之你先等一下啦！」

感覺情況有些奇怪。

兩個男性爭執起來。

不過，太奇怪了。年輕男性說自己正在忙，要對方自己找路的主張很合理，就算被拒絕也不肯罷休的男性比較奇怪。而且他依然抓著年輕男性的手。

結果，雖然年輕男性試圖甩開對方，但對方仍然不肯放手。

意想不到的狀況讓由美子她們目瞪口呆。

不僅如此，年輕男性像是察覺到什麼似的瞪大了眼睛。

然後說出了跟預料相反的話。

「你——居然要包庇這些傢伙嗎！」

……包庇？

這句話讓由美子總算察覺到問路男性真正的用意。

呃，可是，不會吧。

雖然感覺難以置信，但男性沒有否定地陷入沉默。

他抓著年輕男性的手更加用力了。

年輕男性再次試圖甩開對方，同時顯露出憤怒的表情。

彷彿要表達那狂暴的憤怒一般，他大聲吶喊：

「你有搞清楚狀況嗎？我們可是被騙了喔！這些傢伙說的話都是假的！無論是話語！個性！就連長相都是！你能原諒嗎？不可能原諒吧！我只是要把這種感覺用言語表達出來而已！就算她們因為這樣暫停活動，也是自作自受吧！」

他激動的程度讓由美子感到畏懼。

聽到無庸置疑的真心話，身體彷彿要燃燒起來。

他因為被欺騙感到受傷，憤怒，甚至憎恨到希望兩人暫停活動。

明明早就知道這些，但實際聽到話語時，身體還是變得無法動彈。

不過，聽到他這番話的男性，同樣地大聲吶喊。

「我知道啊！我也無法原諒她們啊！我真的很喜歡夕姬！我支持她的程度連自己都會嚇一跳！知道那些全部是謊言的時候，腦袋感覺好像要發狂了！我現在也沒辦法接受！」

「那為什麼要阻止我啊！」

「即使如此……即使如此，我還是喜歡她啊！我自己也覺得這樣有毛病！但我就是喜歡，這也沒辦法吧！我還想支持她啊，希望她繼續努力啊，不希望她消失不見啊！」

蘊含著激情的聲音迴盪在周圍。

那股熱量蘊含著跟年輕男性「被背叛了」這句話同樣的——不，比那句話蘊含著更多激情與思念。

是因為這個緣故嗎？年輕男性說不出話，茫然地注視著他。

但是，由美子跟千佳也一樣愣住了。

因為男性說的話是她們想都沒想過的。

看到僵住的由美子和千佳，男性的手更加用力。他抓住年輕男性。他硬是讓年輕男性讓出路，然後大喊。

只有在這個時候，他將視線從由美子她們身上移開。

「喂！快走，快點走吧！」

「啊，是……是的……！」

千佳擠出聲音如此回應後，就那樣邁出步伐。

她對同樣目瞪口呆的母親用顫抖的聲音說了句：「走……走嘍。」

呼——一股溫熱的氣息從千佳口中吐出。往下看的視線忙碌地移動。她用空出來的手按住胸口，緊緊抿著嘴唇。

可以感受到男性的話無法自拔地滲入她的內心。

「喂，等一下。那傢伙不說的話，由我來講。」

如此大喊的男人出現了。

在有些距離的前方，大學生年紀的青年注視著這邊。

他跟剛才的年輕男性一樣有著陰暗的表情。

雖然早就知道了，但覺得「無法原諒」由美子她們的人，不是只有那個年輕男性而已。

看到筆直朝這邊走來的青年，由美子再度做好覺悟。

結果有個人物擋在青年前面。

是個看起來就很年幼，大概國中生年紀的女孩。

她將雙手盡可能張開，對著青年大叫：

「別……別想過去！請……請不要跟她們兩人搭話！」

那是拚命鼓起了勇氣，一邊顫抖一邊發出來的聲音。

被比自己嬌小又年幼的女孩擋住去路，青年露出困惑的表情。

不過，他像是下定決心似的狠狠瞪著少女看。

「別妨礙我。我沒辦法忍受那些傢伙照這樣繼續活動下去。欺騙別人在先，還若無其事地繼續活動，這太荒謬了吧。我曾經喜歡的夜夜是假的。我絕對無法原諒那種事。」

是男性散發出來的敵意讓她感到畏懼了吧，少女往後退。

是判斷少女喪失戰意了嗎？青年打算穿過少女身旁。

那一瞬間，少女抓住青年的手臂。

「請……請不要這樣！夜夜說謊也讓我覺得很難過！雖然現在也無法接受，但我還是無法討厭她……！我不想討厭她！我不想看到她暫停活動！就算在學校有討厭的事情，聽到夜夜的聲音，我就能打起精神……！她在我感到難受時拯救了我！我想要一直，一直支持努力的夜夜！所以我……我不會讓你過去的……！」

少女拚命地一邊阻止青年，一邊這麼吶喊。

那聲音讓由美子無意識地將手貼到胸前。

一種炙熱的感情洋溢出來，她不知不覺地吐了口氣。

明明心想必須說些什麼才行，卻只有感情不斷激昂起來，想不到任何話語。

相對地眼淚彷彿快掉出來，她用力地忍住。

比起這些，感覺身體好像要動了起來。

雖然被少女抓住讓青年感到困惑，但他有那個意思的話，隨時都能甩開少女吧。那樣一來，那女孩說不定會受傷。

必須阻止他才行——就在由美子如此心想，準備走向那邊時。

「請……請……請妳們快走！拜託了，快走吧！不……不要放棄，請妳們絕對不要放棄當聲優！」

少女依然面向下方，這麼吶喊。

聽到那聲音，由美子忍住不去少女的身邊。要向前進。少女盼望的是她們向前進。

然而雙腳卻動不了。被強烈的思念填滿，身體無法自由活動。

千佳幫忙拉了自己一把，才總算能邁出步伐。

好痛苦。好痛苦。

這還是第一次開心到覺得痛苦。

由美子知道有些人討厭，憎恨，無法原諒自己們。

也知道有些人因為自己們缺乏誠意地改變了形象感到受傷。

不過，即使變成那樣，依舊有人在支持自己們。

不只是敵人，也存在著同伴。

之前都不曉得這些事。

回過神時。

在其他地方也發生了好幾件類似的事情。

有人想要接近兩人，向兩人搭話，然後有其他人拚命地上前阻止。

他們強烈的心意化為言語傳入耳中。

「這是我在自言自語！雖然我不喜歡現在的妳們，但還是希望妳們繼續當聲優！讓我支持妳們吧，讓我說喜歡妳們吧，別說妳們會消失不見啦！」

「雖然知道被騙時覺得妳們別開玩笑了，也覺得曾經喜歡妳們好像傻瓜一樣，覺得現在依舊喜歡妳們的我更是個大傻瓜！即使如此也無所謂，讓我當個傻瓜吧！讓我支持妳們吧！……剛才這些話都是自言自語啦！」

「妳要演出『Phantom』對吧，怎麼可以放棄啊！再讓我聽到妳的歌聲吧，夕暮夕陽！」

「我還在等『膠女』出續集喔！歌種夜澄不在的話就傷腦筋啦！」

的確有覺得無法原諒自己們的人。

但是，更希望自己們繼續當聲優的人遠比那些人多。

最重要的是，那股熱情相差懸殊。

倘若有人試圖接觸由美子她們，那些人不惜挺身而出也要阻止。

不想讓由美子她們放棄的心情發揮了不顧一切的力量。

然後他們如此吶喊。

「——走吧，走吧走吧走吧走吧走吧！」

聽到那些聲音，由美子她們拚命地邁出步伐。

儘管雙腳沒了力氣，身體彷彿要搖晃起來，她們依舊勉強向前邁進。

感覺好像要哭出來了。

不，或許只是自己沒察覺到，其實早就已經在哭泣也說不定。

大家盼望自己們能夠繼續當聲優。

雖然無法原諒兩人欺騙了粉絲的事，但更不希望她們放棄當聲優——他們這麼說了。

這點讓由美子覺得好開心，開心得不得了，什麼話也說不出來地與千佳一起前進。

千佳吐出的氣息比剛才更溫熱。

她一臉快哭的表情，同時默默地向前進。

千佳的母親露出困惑的表情，依然被那股熱量震撼住。

由美子好想對她說「怎麼樣啊」。

非常喜歡夕暮夕陽，希望她繼續當聲優的人——除了自己以外，還有這麼多人喔。

每當周圍發出聲音，由美子就有種自豪的感覺。

然後在能看見車站的時候。

啊——由美子如此心想。

又有一個人埋伏在那裡等著了。

他瞪著這邊看。

由美子自然地停下腳步。那個人跟至今為止的人有些不同。

首先感受到的是恐懼。會停下腳步說不定也是因為嚇到無法動彈。

他的周圍沒有任何人在。沒有人可以阻止他。

到此為止了嗎？

不過，很不可思議地是並不覺得失落。

他們「希望妳們繼續當聲優」的直率心情帶給由美子溫暖。

就算在這邊結束，一定也——

雖然由美子如此心想，但從建築物陰影處衝出來的人物阻止了由美子的思考。

那個人物順著衝出來的氣勢撲向男性。

他拚命用嬌小的身體試圖撞倒男性。

感情染上驚愕的色彩。那個眼熟的人物讓由美子驚訝地瞠大了眼。

「柚……柚日咲小姐！」

「別叫我名字啦，笨蛋！」

儘管如此大叫回應，仍一邊制止著男性的人，是柚日咲芽玖瑠本人。

她的打扮跟以前在見面會出現時一樣。

但眼鏡掉落到地面上翻滾，口罩也從一邊耳朵上脫落，要掉不掉的。

儘管變成這樣，她仍用嬌小的身體試圖站穩。

「柚……柚日咲小姐……為什麼？妳明明說過無論是身為聲優或身為粉絲，都最討厭我們了……」

「我討厭妳們啊，最討厭了！」

儘管這麼大喊，她仍不放鬆力量。

「我自己也不曉得啊！啊真是的，反正跟在這裡的其他傢伙一樣！總之希望妳們繼續當聲優！我討厭妳們，也覺得妳們那麼天真簡直糟透了，希望妳們早點辭掉工作！——但是，即使如此，我還是很喜歡妳們，這也沒辦法吧！」

雖然她如此吶喊的同時也拚命跟男性扭打成一團，但就憑那副身體已經到了極限。

她被男性甩開，一屁股跌坐在地上。

不過，她狠狠地瞪著男性，接著從後方再度抓住男性。

然後她只是不顧一切地大聲吶喊。

「跑吧——！快跑快跑快跑快跑！妳們兩人就這樣向前衝吧——！」

兩人被她的聲音推動，反射性地跑了起來。

她們筆直地飛奔穿過通往車站的路程。

千佳看似痛苦地按住胸口，有時會緊緊地閉上雙眼。即使如此，依舊不會停下腳步。

並不是因為奔跑感到痛苦。

而是接收到的感情過於強烈且濃密。那樣的感情都投注在自己身上，因此內心無法自拔地被撼動了。是因為這個緣故。

由美子可以理解千佳的心情。

因為自己也露出同樣的表情。

千佳氣喘吁吁地低著頭，但她突然抬起頭來。

她的臉瞬間皺成一團，眼淚掉落下來。

儘管如此，她仍輕輕搖了搖頭，咬緊嘴唇之後，轉過頭來。

她用顫抖的聲音大聲吶喊。

彷彿被她吸引一般，由美子也跟著吶喊。

「這些……這些話是自言自語！我──我會繼續當聲優！我再也不會放棄了！我會一直，一直努力！因為多虧了大家，我才能努力下去──！」

「接下來說的話是自言自語！我也一樣！會一直當聲優！我絕對不會放棄！謝謝你們，真的，真的很謝謝大家──！」

聲音在顫抖，又是哭聲，還高了八度，音量也忽大忽小，實在無法說是悅耳的聲音。

但兩人將所有心意吶喊出來，不等其他人反應，便飛奔進車站。

她們必須那麼做才行。

從後面傳來歡呼聲的瞬間，再也克制不住一直在忍耐的情緒。

炙熱的感情化為眼淚，一口氣洋溢出來。

即使摀住嘴巴，還是會發出嗚咽，由美子用皺成一團的表情擦拭淚水。

千佳也露出同樣的表情。

兩人用搖搖晃晃的步伐勉強來到月台，這時電車正好駛入。

電車的轟隆聲響迴盪周圍，千佳抓住出美子的衣服，當場蹲了下來。

由美子用手臂遮住雙眼，面向上方。

宛如孩子一般哇哇大哭的聲音被電車的聲響蓋過，一定只有彼此才聽得見吧。

NOW ON AIR!! 第33回

「夕陽與——」

「夜澄的——」

「「高中生廣播——」」

「大家早安，我是藍王冠的問題人物夕暮夕陽。」

「大家早安——我是巧克力布朗尼的危險傢伙，歌種夜澄～」

「這個節目是由碰巧就讀同一間高中，又剛好同班的危險傢伙與問題人物，將教室的氛圍傳遞給各位聽眾的廣播節目。」

「哎呀，啊，嗯。」

「被狠狠地罵了一頓呢。」

「對啊～真的呢。被罵得狗血淋頭。被罵到都想問有人這個年紀還會被老師罵成那樣的嗎？」

「是呀……以前都沒有像這樣狠狠地被罵過呢。呃，姑且說明一下。這是那件事結束之後第一次錄音。那天的情況有一堆人上傳到影片網站，我想大家只要看過就會明白吧。」

「不過那完全是偷拍，應該會瘋狂被刪除吧。」

「被偷拍違法影片的當事者叫大家去看影片，也有點那個就是了。」

「暫且不提這些。各位看過影片就會知道，就像影片那樣稍微變成了暴動？好像還有人受傷了？呃……那個，還有警察出動。」

「因為引起那場騷動的是我們，當然警察也聯絡了經紀公司和學校……然後，結果那種情況經紀公司

也有責任不是嗎？」

「所以我們跟經紀人一直四處道歉呢。向商店街的人們、受傷的人，還有學校道歉。在學校被老師罵得狗血淋頭，連經紀人都一起挨罵。」

「我家的經紀人還被老師罵到不是快哭出來，而是徹底大哭了呢。」

「畢竟罵到一半後，老師也好像是在罵小夕的經紀人呢。」

「呃，真的……驚動大家了。非常對不起。」

「非常對不起……總覺得我們最近一直在道歉呢……」

「嗯……雖然碰上了很多麻煩事。但能像這樣繼續當聲優，實在太好了。儘管我和夜的心情已經上傳到部落格，不過還是再次謝謝大家。」

「謝謝大家。我將這種心情用文章表達出來了……所以在廣播上想聊聊只有我才知道，進入車站後的事情呢。」

「慢點……那個不能說出來吧。別說啦……朝加小姐也是，請妳不要對這件事感興趣。」

「哎呀，那之後我跟夕還有夕的媽媽一起搭電車。結果夕的媽媽這麼說了喔。『不，那應該算是已經被搭話了吧？這場賭注是我贏了』。」

「啊，真是的……用不著講出來吧。」

「然後夕就發飆了喔。她氣憤得不得了呢。她用非常好聽的聲音大聲斥責。」

Next Page!

NOW ON AIR!! 第33回

「因為，雖然是自己的母親，但居然講出那麼破壞氣氛的話……」

「感覺氣氛都被搞砸了呢……啊，時間到了？」

「啊，對喔……因為今天有新單元……呃，這個我來念劇本喔……那個，這個是劇本。我是在念劇本。呃～『有個好消息要告訴喜歡以前那種高中生廣播的聽眾！』」

「那個，如果真的感到不愉快，請大家立刻寄信反應……所有節目工作人員會一起出來道歉……啊～『那麼，立刻開始新單元吧！』」

「小……小夕！」

「小……小夜的！」

「「高中生廣播！」」

「大家早安～我是夕暮夕陽。各位聽眾～好久不見了～」

「大家早安！我是歌種夜澄！各位聽眾，好久不見了！」

「有聽眾表示想見到以前的我們，所以我們應聽眾要求回來了喔～我們打算在這個單元以小夜小夕的身分，像之前那樣愉快地！一起聊天～」

「我想聽眾應該也大吃一驚，但夜澄我們也嚇了一跳！因為沒想到還有機會像這樣說話……」

「就是說呀……因為發生了那種事，我一直以為再也不會有機會出場了喔～……」

「唔……嗯～不要緊嗎？夜澄感到非常不安耶！這樣不會反倒觸怒聽眾嗎！？他們說想見我們，真的是指這樣子嗎！？不會又在網路上被罵翻

夕陽與夜澄的高中生廣播！

吧……？」

「我也覺得很不安喔～……所以只要收到投訴，我們就會立刻停止這種行為，請大家說出來喔……？」

「不過呢，小夕。我可以說一件事嗎～？」

「嗯？什麼事～小夜。」

「雖然很久沒用這種說話方式了……但感覺非常適應，有一點安心……」

「！小……小夜也是？其實我也一樣……！而且感覺很懷念，有一點開心……雖然之前應該很想停止這種行為……」

「世事難料呢……嗯？什麼事？啊，這次好像要玩什麼遊戲！什麼什麼，要玩什麼遊戲呢？啊，小夕，編劇要說明——」

to be continued!!!!

後記

各位讀者好久不見。我是二月公。

能像這樣順利推出第二集，我感到非常開心。

話說我平常在通勤時間，大多會收聽聲優的廣播節目。

非常推薦大家也這麼做。

一般來說不是會很不想去公司上班嗎？

雖然平常就不想去上班，但星期一更是會不想上班到有些厭世不是嗎？

但是，如果有喜歡的節目，就會有「啊，今天有○○的廣播，真期待啊」，「今天是○○、■■的單元嗎？不曉得是什麼感覺呢」這樣的樂趣，通勤也不會只有憂鬱的感覺了呢。

我每天都心懷感激地在收聽節目。

哎呀，真的是……幫了我非常大的忙……因為我真的很不想去工作……

一直以來都非常感謝。

務必想推薦給對上班上學感到憂鬱無比的讀者們。

作為每天的樂趣心懷感激地在收聽的聲優廣播，還像這樣在身為作家的工作上也承蒙關照，真的是對聲優廣播抬不起頭。

因為這部作品的關係，每次收到各種聯絡時，就會切身感受到「自己真的備受周圍的人眷顧呢」。

負責插圖的さばみぞれ老師這次也幫忙繪製了非常出色且美麗的插圖。

在本集登場的柚日咲芽玖瑠的角色設計送到我這邊時，我興奮得不得了。

真的非常感謝與這部作品相關的人士，協助本作品出版的人士，還有閱讀本書的各位讀者。

下集也請多多指教！

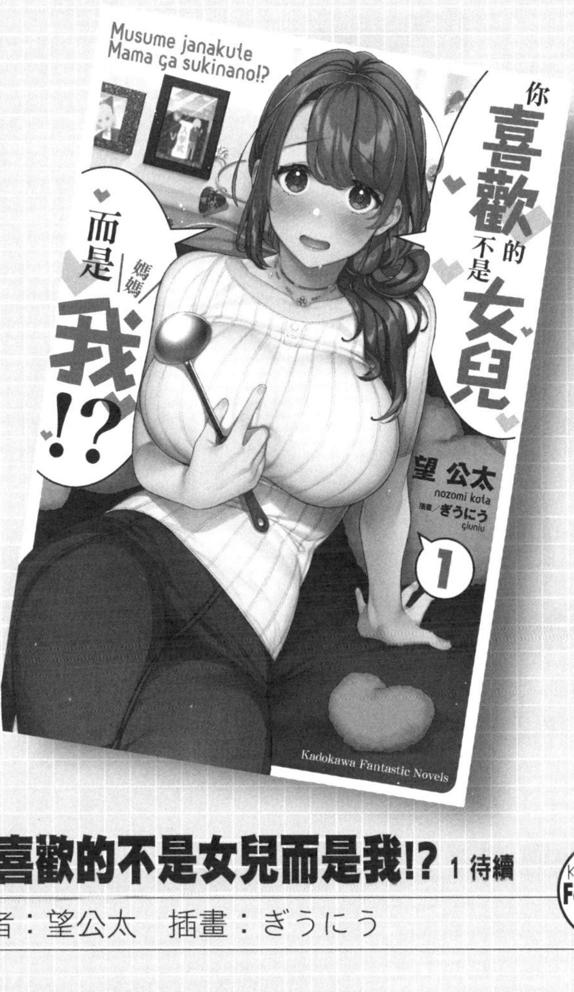

你喜歡的不是女兒而是我!? 1 待續

作者：望公太　插畫：ぎうにう

單戀對象居然是青梅竹馬的媽!?
悖德（？）與純情交織的愛情喜劇，即將開演！

我，歌枕綾子，3×歲。升上高中的女兒最近和青梅竹馬的少年阿巧最近關係不錯……咦？阿巧有話要跟我說？哎呀討厭啦，和我的女兒論及交往好像太早——「……我一直很喜歡妳，請跟我交往。」咦？鄰家男孩迷戀的居然是我這個當媽的？不會吧！

NT$220/HK$73

青梅竹馬絕對不會輸的戀愛喜劇 1~3 待續

作者：二丸修一　插畫：しぐれうい

群青同盟這次要到沖繩拍攝影片！
在海邊穿上泳裝，白草即將展開反攻！

聽說要去沖繩拍影片，看女生們換上泳裝的機會來了嗎？只是目睹白草穿便服，我就心動得不得了。不過，我跟黑羽正在吵架，她肯定有什麼隱情，但這次我並沒有錯！除非她主動道歉，否則我不會原諒她！局勢令人猜不透的女主角正選爭奪賽第三集！

各 **NT$200~220/HK$67~73**

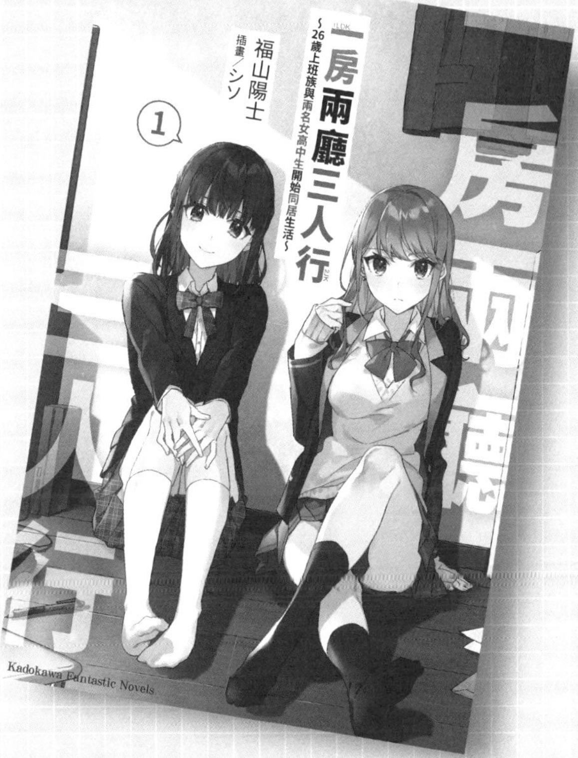

一房兩廳三人行 1 待續

作者：福山陽士　插畫：シソ

Kadokawa Fantastic Novels

單身上班族奇妙的同居生活突然展開。
與兩名JK共譜溫馨的居家戀愛喜劇。

由於父親託付，單身上班族駒村必須暫時照顧過去關係疏遠的表妹——打扮時髦的女高中生奏音。為生活急遽改變傷腦筋的駒村在下班途中遇見了離家出走而無處可去的女高中生陽葵，沒想到她竟然也硬是住進了駒村家中——

NT$220/HK$73